사진가의 기억법

영원한 것은 없지만,
오래 간직하는 방법은 있다.

김규형 에세이

21세기북스

우연은 가끔 기특한 짓을 한다 ———————————

자꾸만 놓치는 일들이 생긴다. 연락을 기다리는 사람에게 답장을 보내는 걸 깜빡하기도 하고, 고쳐야 할 물건을 그냥 방치하기도 한다. 바쁘다는 핑계로 중요한 일을 미루는 것은 물론 귀찮아서 해야 할 일을 앞에 두고 모른 척 돌아서는 때도 있다.

살다 보니 무언가를 조금씩 떨어뜨리게 된다. 그렇게 흘린 일들은 때때로 어딘가에 남아 미련이 되기도 하고, 아쉬운 이별의 이유가 되기도 한다. 고치지 못한 물건으로, 시작은 했지만 차마 끝내지 못한 아쉬움으로 남기도 한다. 사실 이 책도 내겐 그런 미련이었다. 시작은 했지만 끝내지 못한 아쉬움이었다. 아주 오래전부터 일기처럼 블로그와 메모장에 적어둔 수많은 단어와 문장을 가져다 책 한 권 분량의 원고로 묶어보았지만, 예상보다 조금 긴 시간 동안 조용히 잠들어 있었다. 글을 쓸 때의 마음을 잠시 잊고 있기도 했다. 그래도 언젠가는 밖으로 나와 사람들에게 읽

히게 되겠지. 그렇게 작은 마음들을 한 방울씩 떨어뜨리며 살아왔다. 그리고 이제 그 단어와 문장으로 엮은 책을 마무리하며 프롤로그를 쓰고 있다. 기분이 이상하다.

출판사와 첫 미팅을 했을 때는 책이 어떻게 완성될지 도저히 알 수 없었다. 문장 몇 줄과 사진 몇 컷으로 출발했을 뿐 완전히 백지 같은 상태였다. 여행 에세이가 될 수도, 사진집이 될 수도 있었다. 어쩌면 책이 되지 않았을지도 모른다. 그 미팅 이후 내겐 정말 많은 일들이 있었다. 돌아다니며 사진을 찍는 데 익숙한 내가 오랜 시간 자리에 앉아 글을 쓰는 습관을 들였다. 난생처음 샌프란시스코와 뉴욕에 다녀왔고, 생각지도 못한 기회로 러시아와 독일에 다녀오는 프로젝트에 참여하기도 했다. 2018년에는 아버지가, 2019년에는 어머니가 돌아가셨다. 여기까지 오고 보니 책을 무사히 마무리하고 출간하는 것이 내게는 작은 기적처럼 여겨진다.

아주 작은 우연으로 시작된 일이 결국엔 온전한 책으로 완성되었다. 지난 몇 년간 주변 사람들이 책은 대체 언제 나오냐고 물을 때마다 '조만간'이라고 대답했는데 더 이상 그 대답을 반복하지 않아도 되어서 정말 다행이다. 우연은 가끔 이렇게 기특한 짓을 한다.

차
레

Part 1.

맑은 날도 흐린 날도 카메라를

방향치

나는 방향치다. 길치와 다른 게 뭐냐고 친구들이 묻지만 길은 분명히 알고 있다. 내가 어디에 있는지를 모를 뿐……. 정확히 말하면 동서남북 중 어디에 내가 있고 어디를 향하고 있는지를 모른다. 그러니 당연히 어디로 가야 할지도 모른다.

안양에서 합정으로 이사하고 학교에 갈 때마다 길을 헤맸다. 결국, 학교에 도착하긴 했지만, 매번 다른 길로, 게다가 돌아서 갔다. 이전엔 한 번도 합정에서 홍대까지 걸어간 적이 없었기 때문이다. 늘 지하철을 이용했으니 홍대역에서 걸어가는 길만 알고 있었다. 출발 지점이 바뀌면 문제 자체가 달라진다.

스스로 믿을 수 없었기 때문에 합정역까지 걸어가서 지하철로 한 정거장을 이동해 홍대역에 내려서 가는 법을 택했다. 학교까지 삼십 분 정도가 걸렸다. 최단 거리로 걸으면 십 분도 채 걸리지 않는다는 사실은 반년이 지나고 우연히 길을 잘못 들어서 알게 됐다. 변명하고 싶지는 않지만, 당시엔 지도 앱도 그걸 설치할 스마트폰도 없었다. 뭐 있었다고 해도 아주 잘 사용하지는 못했겠지만 말이다.

산책하거나 길을 걸으며 사진을 찍었다. 가끔 길을 잃으면 사진으로 찍어둔 기억을 떠올려서 길을 찾곤 했다. 특이한 방법이었지만 사진으로 찍은 장면은 잘 기억했기 때문에 나름대로는 좋은 방법이었다. 또 새로운 장소가 생기면 에이포(A4) 용지 위에 그림으로 그려둔 지도에 업데이트했다. 그 지도를 가방에 고이 접어서 넣어 다녔다. 나만의 합정동 지도였다.

한곳에서 오래 살게 되자 내 저주와도 같은, 아마도 없다고 해야겠지, 방향감각도 그리 큰 문제가 되지 못했다. 언젠가부터 꾸깃꾸깃한 에이포 지도 없이도 당황하지 않고 길을 잘 찾아다녔다. 방향을 못 잡아도 조금만 걷다 보면 알게 된다. 그때 돌아가도 된다. 지하철을 반대로 타도 조금만 가다 보면 깨닫게 된다. 그때 돌아가면 된다.

길을 잃는 이유는 길을 찾는 데 별로 집중하지 않았기 때문일지도 모르겠다. 아마도 다른 것에 집중하느라 그랬겠지. 길을 가는 사람들을 구경한다거나 하늘을 본다거나, 새로 생긴 가게에서 뭘 파는지 들여다보는 것 따위 말이다. 시간이 지나고 잘못된 방향에 관한 경험이 쌓이자 골목이 익숙해졌다. 또, 길을 잃지 않기 위해 신경을 쓰고 걸으니 지도 없이도 최단 거리로 이동하게 되었다. 하지만 최단 거리가 항상 좋은 것은 아니다. 예전에 길을 잃고 우연히 발견하던 새로운 것을 더는 발견하지 못하게 됐다.

매일 걷는 길로 가게 되고 늘 보던 풍경만 보게 됐다.

어쩌면 제일 빠른 길은 제일 예쁜 것들을 놓치는 길일지도 모르겠다. 나는 다시 길을 헤매기로 했다.

사진을 찍을 때 알아야 할 것 중에
'최단 초점거리'가 있다.
가장 예쁘게 담기 위한 거리의 한계선인데
너무 가까우면 초점을 맞추지 못해 사진을 예쁘게 담을 수 없다.
물론 너무 멀어져도 어렵다.

상대성 이론

1.
사실 세상일이란 것도
별거 없다.

2.
엄청나게 큰 문제라고
느껴졌던 고민도
자고 일어나면
별일 아니게 느껴진다.

3.
내가 잠들어 있던 동안
거대한 무언가가
내 문제를 소멸시켰을지도 모른다.
가끔 내가 겪고 있는 이 문제도 우주적인 시각에서 보면
굉장히 하찮은 것일지도 모른다고 생각할 때가 있다.

4.
일어나 보니
자기 전 혼자서 자르다 망친 머리가
마음에 들었다.

5.
나중에 보면 좋아지는 사진이 있다.
예전엔 입에도 안 대던 음식을
챙겨 먹기도 한다.
변덕도 주기적이면 일관성이 된다.

딴짓

잠들기 전, 수달처럼 배 위에 과자나 먹을 것을 올려놓고 먹으며 웹툰을 본다. 그러다 보면 자연스럽게 잠이 든다. 생각해보니 뭔가에 집중할 때 오히려 그것과 멀어지는 버릇이 있다. 잠을자기 위해 웹툰을 보고, 고민을 해결하기 위해 샤워를 한다.

사진 찍을 때는 뷰파인더를 통해 한참 동안 대상에 시선을 고정했다가 정작 셔터를 눌러야 하는 결정적인 순간, 다른 곳을 본다. 친구가 이해하지 못하길래 매일매일 지켜보던 그녀에게 고백 편지를 주면서 정작 부끄러워 눈을 못 마주치는 것과 비슷하다고 말해줬다.

처음이 있는 삶

처음으로 아버지의 구두를 닦아드린 날을 기억한다.
처음으로 반장이 된 날을 기억한다.
처음으로 엄마와 함께 먹은 과일 빙수를 기억한다.
처음으로 카메라에 풍경을 담던 순간을 기억한다.
누군가를 처음 만났던 날을 기억한다.

다른 날들도 그렇지만 처음은 처음이어서 더 특별하지 않은가.
언젠가 더는 처음이 없는 삶만큼 불행한 것은 없다는 생각을 했다.

다행이다.
내겐 아직 수없이 많은
처음이 남아 있다.

처음엔 다 그렇다.
긴장하고 서툴러서 여러 가지를 놓친다.
잘하고 싶은 마음이 눈과 귀를 막아
우스꽝스러운 춤을 추게 만든다.

그래도 처음이니까.
그것으로 충분하니까.

창작

　사는 게 재밌어서 미칠 것 같은 사람은 소설가가 될 수 없어. 재밌는 이야기를 만들어낼 수 없기 때문이지. 주변에 예쁜 것이 가득한 사람은 아름다운 사진을 찍어낼 수 없다(는 사실 억지다)고 하잖아. 아마 찍을 수 있다고 해도 발견하는 능력은 떨어질 거야. 그러니까 남들이 모르는 걸 찾아내는 거 말이야. 지금 모두 다 알고 있는 거 말고.

　발견의 맛이랄까? 뉴턴이 사과를 들고서 (사실은 사과가 아니었다고 하지만) 만유인력을 깨달았을 때, 아르키메데스가 유레카를 외쳤을 때!
　어렸을 때 나는 장래 희망을 적는 칸에 발명가가 되고 싶다고 했지만 실은 '발견가'가 되고 싶었던 것 같다. 일상에서 특별함을 발견하는 사람.

셀프서비스

　함께해서 좋은 것이 있다면 혼자여서 좋은 것도 있다. 혼자 여행을 가고 영화를 보거나 밥을 먹는 것도, 혼자 카페에 가거나 전시를 보는 것도 어쩌면 나를 위한 셀프서비스가 아닐까? 우리에겐 나를 찾는 혼자만의 시간이 필요하다.

　조금 웃긴 애기일지도 모르지만, 처음 사진을 찍기 시작한 이후로 내 가장 큰 팬은 바로 나 자신이었다. 내가 찍은 사진을 보는 게 좋았다. 내 시선을 또 다른 내 시선으로 바라본 셈이다. 때론 자책도 하고, 때론 날카로운 비평도 해줬다. 기특하고 영리하다며 칭찬해주는 날도 있었다.

　어쩌면 사진은 내게 혼자 놀기의 정석 같은 것이다.

다른 소리를 낸다고,
다른 박자로 움직인다고
다른 것들에 반응한다고
다른 사람들이 말한다.

유난을 떠네.

꾸준히 작업하는 이유

가끔은 사람들이 어떻게 작업을 끊임없이 할 수 있냐고 묻는다. 나는 목표를 설정해두고 거기까지 달려가는 사람이 되지 못한다. 단지 과정이 즐거워서 이런저런 것을 하다 보니 미적지근하게 남은 것이 생기고 또 그것을 마무리하고 나면 뭔가 애매한 잔돈 같은 것이 또 남아서 처리하다 보니 뭔가를 꾸준히 하는 것처럼 보였나 보다.

사실 멈춰야 할 때를 놓치고 있는 것일지도 모르겠다. 소주한 병을 시켜 마시다 어중간하게 술이 남아서 또 한 병을 시키는 것처럼.

1 대 9 법칙

좋아하는 일을 하기 위해서 회사를 그만둔다. 그리고 곧 뭔가를 이룬다. 보통의 성공담은 이런 식으로 흘러간다. 하지만 반대로 좋아하는 일을 하기 위해 회사에 다니는 경우도 있다.

좋아하는 일을 하고 싶다며 다니던 회사를 그만두고 자신의 길을 찾아 떠난 친구들이 있었다. 시간이 지나고 그들은 과연 원하는 삶을 살고 있는지 궁금했다. 대부분 좋아하는 일을 좋아하지 않는 방식으로 하고 있었다. 예를 들면, 사진이 좋아서 떠났지만 찍고 싶지 않은 사진만 찍고 있다든지……. 평범한 일에 싫증이 나서 좋아하는 일을 선택하면 그 안에서 하고 싶지 않은, 즉 좋아하지 않는 일이 생겨난다. 좋아하는 일을 하든 그렇지 않든 결국 좋아하지 않는 일을 해야 한다. 좋아하지 않는 일은 내가 어디로 가든 나를 따라온다. 피할 수 없다.

좋아하는 일을 하려고 꽤 오랫동안 회사에 다녔다. 회사는 내게 생활비를 내줬고, 덕분에 나는 좋아하는 사진을 계속 찍을 수 있었다. 조금 이상하지만, 회사에서 하는 일이 다 재미없었냐고 하면 그건 아니다. 그중에 재밌는 일도 있었고, 그렇지 않은 일도 있었다. 회사를 그만두고 전업으로 사진을 찍으며 했던 일이 모두 재밌었냐고 하면 그것도 아니다. 무엇을 선택하든 그곳엔 좋아하는 일과 아닌 일이 함께 있다.

어쩌면 좋아하는 일을 한 가지 하기 위해선 싫어하는 일 아홉 가지를 해야 하는 법칙 같은 게 존재하는지도 모르겠다.

달걀프라이를 예쁘게 하려면
삼겹살을 맛있게 먹으려면 뒤집지 않고 기다려야 한다.
마음에 드는 사진을 찍기 위해서도 똑같다.
기다려야 한다. 조급하면 완성되지 않는다.

직업병

　편집자가 띄어쓰기가 잘못된 문장을 보면 상상 속에서 스페이스 바를 누르고 간판 디자이너가 길을 가다가 마음에 안 드는 간판을 보면 머릿속 어도비 프로그램을 열어 수정하듯이, 살면서 만나는 모든 아름다운 순간을 프레이밍해서 저장하려는 습관은 내 직업병일지도 모르겠다.

영원하지 않아서

어렸을 땐 왜들 그렇게 꽃 앞에서 사진을 찍나 했는데 요즘은 예쁘게 핀 꽃을 보면 먼저 다가가 구경하곤 한다. 꽃은 계절을 말한다. 계절에 추억을 심는다. 때가 되면 찾아오는 손님처럼 활짝 피어 계절에 색을 입혀주고 조용히 사라진다. 그러고 보니 나는 꽃을 사주는 로맨틱한 남자친구였던 적이 없다. '꽃은 시들잖아'라며 실용적인 게 좋다고 말해왔다. 영원하지 않아서 의미 없다고 생각했다. 하지만 지금은 알고 있다. 영원하지 않아도 충분히 의미 있다고, 아니 영원하지 않아서 더 소중하다고.

괜찮아지지 않아도 돼

엄마는 8월 6일 입원하셨고 이십오 일 동안 병원에 계시다 돌아가셨다. 조금 괜찮아지시는 날도 있었고, 더 나빠지시는 날도 있었다. 입원하시던 날 내게 별 탈 없이 추석을 보내자고 하셨다. 나도 그러리라고 믿었다. 엄마가 병원에 입원해 계신 동안 나는 그 어떤 행복한 순간을 앞에 두고도 웃을 수 없었다. 아니, 행복이 찾아온 일이 있었던가. 구경도 못할 정도로 나와 멀리 떨어져 있던 건 아닐까. 죄책감이었을까 뭐였을까?

일을 모두 정리하고 열흘 정도 병원에 가 있었다. 일과 관련된 미팅도 병원에서 하고, 친구들도 병원으로 불렀다. 엄마와 가을이 오는 소리를 함께 들으며 산책도 했다. 엄마는 수박 주스가 드시고 싶다고 했다. 내 아들 멋있네, 엄마는 아들을 제일 사랑해, 라고도 말씀하셨다. 엄마는 아프지 않고 싶다고도 하셨다. 의사와 간호사를 붙잡고 부탁도 하고 사정도 했다. 매일매일 하루

만이라도 더 부탁드립니다. 제발 부탁드립니다. 보이지 않는 대상에게 기도했다. 병원에서 엄마를 할머니라고 불렀다. 나는 속으로 생각했다. 할머니 아니야, 우리 엄마야.

엄마가 퇴원하실 거라고 믿고 엄마가 사시던 집 냉장고를 청소하던 날이 생각난다. 유통기한 지난 음식을 다 버리고 나니 냉장고가 텅텅 비었다. 엄마는 꽤 오랫동안 음식을 못 드셨다.

나는 또 생각한다. 영원한 것은 없지만 그래도 영원에 가까웠으면 좋겠다.

실감이 나지 않는다. 엄마가 전화로 잔소리를 하실 것 같은데…… . 내 세상의 반이 사라졌다. 나는 이제 어쩌면 좋을까. 앞으로도 할 일이 너무 많다. 지치지 않아야 할 텐데, 지금도 실감이 나질 않는다. 꿈인가 싶다가도 숨도 못 쉴 정도로 답답한 순간이 반복된다.

괜찮아진다더라. 이러다가 괜찮아진다고 하더라. 아니, 안 괜찮아져도 될 것 같다. 너무 괜찮아지면 안 될 것 같다.

지금은 알고 있다. 영원하지 않아도 충분히 의미 있다고,
아니 영원하지 않아서 더 소중하다고.

사진가의 기억법

아름답다는 표현에 맞는 것을 발견했다면
모든 감각을 이용해서
머리와 가슴에 기록해두자.

다음에 기회가 있겠지
라고 생각할 수도 있지만,
그때의 그것은 어떤 식으로든 변해 있다.

영원한 것은 없다.
하지만 그것을 오랫동안
간직하는 방법은 있다.

손에 사진기가 들려 있다면
당신은 이미 그 방법 하나를
알고 있는 셈이다.

메모는
예전의 내가 했던 생각의 세이브,

사진은
예전의 내가 본 시선의 스크린숏.

이러니저러니 해도 나는 기록하는 것이 좋다.

Part 2.

그러니까 나는, 조금 이상한 사람

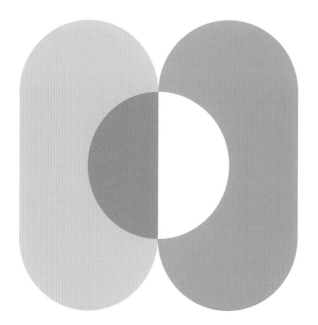

난 이렇게 살아볼게요

    학창 시절부터 엄마께 자주 혼나곤 했는데 세부적인 이유는 모두 달랐지만, 근본적인 이유를 따져보면 내가 너무 '이상해서' 였다.

    남자애가 옷을 왜 이렇게 좋아하니.
너는 왜 거울을 그렇게 자주 보니.
왜 자꾸 공책에 그림을 그리니.
친구들을 너무 좋아하는 거 아니니.
카메라를 들고 어딜 그렇게 다니니.
왜 남들처럼 평범하게 살지 못하니.

    매번 잔소리를 들으면서도 꾸준하게 이상한 짓을 해왔지만, 마음 한편엔 이상하게 사는 데 대한 죄책감을 늘 느끼고 있었다.

엄마는 내가 정장을 입고 아홉 시에 출근하길 원하셨지만 나는 사진을 찍었다.

엄마는 내가 회사에서 점심시간을 보내길 바라셨지만 나는 사진을 찍었다.

엄마는 내가 꾸준히 한 회사에 다니길 바라셨지만 나는 퇴사를 하고 사진을 찍었다.

언젠가 엄마께 다니던 회사를 그만두겠다고 말했다. 엄마는 내게 대체 무슨 생각으로 살고 있냐고 물으셨다. 나는 엄마께 반문했다.

"엄마, 내가 이상해요?"

엄마는 말씀하셨다.

"너무 이상해."
"언제부터 이상했어요?"
"계속 이상했어."

나는 엄마께 말했다.

"그렇다면 나는 이상한 사람인데, 엄마는 왜 내가 평범했으면

해요? 나는 평범하게 살 수 없나 봐. 엄마, 나는 이상한 사람이니까 내가 이상하게 한번 살아볼게. 죄책감 갖지 않고, 즐기면서 이상하게 살아볼게요."

처음으로 한 반항이었다. 머리로, 몸으로 내내 반항했지만, 입밖으로 내뱉은 건 난생처음이었다. 마지막 말을 하며 나는 울었고, 엄마도 우셨다. 다니던 회사를 그만두고 사진집을 내겠다고 말했다. 그리고 첫 사진집을 냈다.

내 '이상함'을 믿고 응원해줘서 고마워요. 엄마.

어디에도 속하지 못해 따로 떨어진 외톨이 같아서,
몇 개의 카테고리에 자신을 넣어보려고 시도했지만 잘 어울리지 못했다.
나를 위한 새로운 폴더를 만들어야겠다고 생각했다.
그러니까 나는, 기타(etc.) 폴더 같은 사람.

사회생활

　광고 회사에 다닐 때였다. 직원들과 함께 식사하고 주변에 있는 카페에서 커피를 마시며 이런저런 얘기를 하는 것은 일종의 친목 도모이자 작은 사회생활이었다. 이때 중요한 정보들이 칠십 퍼센트 정도 공유된다고 해도 과언이 아니었다. 나머지 삼십 퍼센트는 옥상에서 담배를 피울 때였는데 담배를 피우지 않는 직원도 매번 따라 나와서 간접흡연을 하며 학연, 지연, 흡연을 외칠 정도니 짧지만 강력한 순간이었으리라.

　회사 주변엔 거의 모든 프랜차이즈 커피 브랜드의 매장이 있었는데 불행히도 내 입맛에 맞는 커피는 없었다. 물론 마신다고 큰일이 나거나 하는 것은 아니었지만 굳이 마시지 않아도 괜찮다고 해야 할까. 다수결의 원칙으로 점심 메뉴를 정해도 괜찮았다. 국수를 먹든 카레를 먹든, 심지어 편의점에서 도시락을 사자고 해도 전혀 상관없었지만, 커피만은 내가 원하는 것을 먹고 싶었다. 이런 이유로 점심을 먹은 뒤 조용히 사라져서 좋아하는 커피를 사 들고 돌아가곤 했는데 중요한 정보를 놓치는 경우도 꽤 있었을 것이다.

그 정보라는 것이 지나고 보면 정말 별것 아닌 경우도 꽤 있던 것 같고, 오히려 알아서 손해 보는 일, 예를 들면 괜히 마음을 졸인다거나 걱정이 많아지거나, 확인되지 않는 일을 믿게 되거나 하는 경우, 혹은 사내 정치와 작게라도 관련돼 누구의 편에 서는 것을 강요당하는 경우 등 대부분 불편함을 겪게 했다.

그런데도 당시엔 그걸 모르는 게 크나큰 일로 느껴져서 프랜차이즈 카페에 따라갔다가 가끔 작은 골목 카페에 서둘러 가서 내가 좋아하는 (비교적 산미가 강한) 커피를 사 오기도 했었다. 어쩌면 애인에게 시크한 척 헤어지자고 말하고 미련이 남아 계속 돌아보는 지질한 남자처럼 보였을지도 모르겠다.

절전 모드

이건 비밀인데 사실 나는 굉장히 똑똑하다. 예전에는 그걸 뽐내며 살았던 적도 있다. 모두 내게 부탁을 하고 나는 그 부탁을 들어주며 기뻐했다. 하지만 요즘은 조용히 살고 있다. 숨기며 사는 맛을 알게 됐다. 지금, 이 글도 최선을 다하지 않고 쓰고 있다. 일종의 저전력 모드인 셈인데, 요즘 걱정 하나가 있다. 이렇게 살다 보니 원래로 돌아가는 법을 잊어버렸다. 큰일이다.

운

아마도 나는 운이 굉장히 없는 사람임이 틀림없다. 보통 백에 하나 정도 안 좋은 일이 하나쯤 발생하면 꼭 그게 내게 생긴다. 무슨 말이냐면 '죄송하게도 우리는 이 제품의 작은 하자를 발견했습니다. 우리가 만든 제품 중 일부는 불량입니다. 불량 제품을 구매하신 분은 교환해드리겠습니다.' 이런 것 말이다. 내게 자주 벌어지는 일이다.

얼마 전 독일에 출장을 갔을 땐 작동하지 않은 카드 키를 받았다. 피곤한 몸을 이끌고 방으로 올라갔다가 방문이 열리지 않아 짐을 들고 로비로 다시 내려가서 호텔 직원과 함께 방문을 여는 일은 아주 흔한 일이다. 아무도 없는 새벽 시간에 엘리베이터에 갇혀(이것도 카드 키가 작동하지 않기 때문이다) 내리지도 타지도 못하고 누군가가 엘리베이터를 작동시키길 기다려야 한다. 신발 끈 없이 신발이 배송된 적도 있었고, 보조석만 선팅이 안 된

채 자동차가 출고된 적도 있었다. 심지어 새로 산 카메라가 작동하지 않은 적도 있다.

살다 보니 꼭 내게만 이런 일이 일어나지는 않았다. 가끔 친구들도 비슷한 상황을 겪을 때가 있다. 그땐 이미 수도 없이 겪었던 내 경험담이 그들을 잘 안내해주기도 한다. 그렇게 따지면 그리 나쁜 일도 아니다. 이렇게 위안을 하기로 한다.

여행 첫날부터 방을 오르락내리락하며 대화를 나눈 덕분에 친해진 호텔 직원은 내게 여러 정보를 알려줬다. 신발 브랜드의 디렉터가 미안하다며 선물을 함께 보내줬다. 자동차 회사에서 무료 서비스를 제공해주거나, 사과의 의미로 제품을 할인해주는 카메라 회사도 있었다. 혹시 어쩌면, 나는 아마도 운이 굉장히 좋은 게 아닐까.

영화 감상법

영화를 좋아한다. 그림을 좋아하듯 사진을 좋아하듯 그렇게 영화가 좋았다. 영화를 한참 보던 시기의 나는 꽤 오랫동안 내 쓸모를 증명하지 못했고, 온종일 집 밖으로 나가지 않는 경우도 많았다. 내가 영화로 여러 가지 간접경험을 하고 있을 때 친구들은 사회로 나가 직접경험을 하기 시작했다. 적당한 시기에 적당한 일을 해내는 친구들과 만나고 그들의 이야기를 듣는 게 불편하게 느껴졌다. 가까운 사람들 말고 일면식도 없는 이들의 이야기가 궁금했다. 그들의 인생은 어떨까? 영화니까 영화 같을까?

나는 더 영화에 빠져들었다. 영화는 내게 좋은 취미 활동이자 선생님이며, 친구였다. 종일 별다른 일을 하지 않아도, 괜찮아 그래도 영화 하나는 봤으니까 하고 생각했다. 혼자 지내는 시간이 많아질수록 나는 영화와 친해졌다.

집중해서 보기도 하지만, 그냥 틀어놓고 있는 경우도 많았다.

그러다 집중해서 보기도 하고, 다시 흘려보내기도 했다. 무릎에 노트북을 올려놓고 영화를 보며 멋진 장면이 나올 때마다 셔터를 누르듯 캡처를 했다. 영화의 미장센을 머릿속에 저장하는 것이 좋았다. 마치 사진을 찍듯이 움직이는 영상을 멈추는 것을 즐겼다. 어쩌면 이런 행동이 사진 작업에 꽤 도움이 됐을지도 모른다.

영화에 나오는 장면을 따라 하며 보는 것도 재밌다. 빵에 관한 영화라면 빵을 먹으며 감상하면 훨씬 더 좋다. 커피도 빠질 수 없겠지. 예전에 〈커피와 담배〉라는 영화를 본 적이 있는데, 보는 동안 커피 석 잔을 마시고 담배 열 개비를 폈다. 감정의 동화는 물론, 같은 행동을 한다는 동질감에서 오는 쾌감이 좋았다.

마음에 드는 영화는 몇 번이고 봤다. 처음엔 자막이 보이고, 다음엔 대사가 들리고, 곧 배우의 표정이 보인다. 배우 뒤편의 배경과 조그마한 소품들, 빛의 방향이나 사소해 보였던 작은 것들이 보인다. 이런 것을 발견하는 내가 너무 좋았다. 나름의 생산적 활동이었을까.

어떤 계절이나 특정한 날에 꼭 챙겨보는 영화가 있다. 4월 1일에는 〈중경삼림〉, 〈4월 이야기〉, 5월엔 〈라이크 크레이지〉, 7월 15일엔 〈원데이〉, 장마철엔 〈사랑한다, 사랑하지 않는다〉, 가을엔 〈냉정과 열정 사이〉, 〈만추〉, 겨울엔 〈월터의 상상은 현실이 된다〉, 〈러브레터〉. 신기하게도 메모를 해두지 않아도 나는 같은 시기에 같은 영화를 반복해서 보고 있다.

그런 영화들은 볼 때마다 처음 볼 때의 상황이나 감정이 고스란히 떠오른다. 몇 번을 봤든 상관 없다. 마치 과거로 돌아가 예전의 나를 만나는 느낌도 든다. 게다가 같은 영화도 언제 보느냐에 따라 다르게 보였다. 어쩌면 더 넓고 깊게 볼 수 있게 되었다고 하는 게 맞겠다. 필요 없다고 생각했던 장면은 아주 중요한 부분이었고 답답해 보였던 주인공의 행동에도 이유가 있다는 걸 뒤늦게 깨닫기도 한다. 나쁜 사람처럼 보였던 주인공의 친구는 솔직한 것뿐이었고 어떤 아픔은 더 크게 어떤 이별은 더 아름답게 느껴졌다.

그러고 보니 내가 영화를 보는 방식은 사람을 만나는 것과 닮아 있다. 처음에는 좀처럼 매력을 느끼지 못하다가 알아갈 수록 놓쳤던 장점을 발견하는 것이 그렇고 가끔은 무심한 듯 멀어졌다가도 어떤 시기가 되면 자연스럽게 만나는 것이 그렇다. 마음에 들면 몇 번이고 반복해서 보는 것도 똑같다. 영화의 장면을 따라하듯 서로를 닮아가는 것은 물론 처음엔 이해할 수 없던 부분을 천천히 이해하게 되는 것도 비슷하다. 어쩌면 내게 영화는 나름의 사교활동이었을지도 모르겠다.

언제나 마지막 단계에서는 자신과 대화를 하게 된다.
어제의 나를 지금의 내가 이해하고,
지금의 내가 내일의 내게 미안해하고
내일의 나는 그다음 날의 내게 격려를 건네겠지.

결과와 과정

　"그래서 어떻게 됐는데?"보다 "즐거웠어?"라는 질문이 더 좋다. 이런 생각은 놀 때뿐만 아니라 일을 할 때도 마찬가지다. 하지만 일은 과정만큼이나 결과도 중요하고, 좋아하는 일만 하며 살 수도 없을뿐더러 재미없는 일이라며 하지 않고 입맛에 맞는 일만 기다리다가는 굶어 죽기 딱 좋겠지. 그래서 '일은 일이다'라고 생각해보려고 했지만 일이라고 꼭 재미없어야만 한다는 법도 없지 않나.

　한동안 이런 혼란을 겪었고, 그만큼 내가 하는 일도 혼란스러웠다. 사진가로 살기로 한 이후로 할 일을 스스로 결정하는 경우가 더 많아졌기 때문에 내게 주어지는 일 중 해야 할 일을 결정하는 것이 더 어려워졌다. 그래서 매번 다른 선택을 하지 않도록, 선택을 돕기 위한 기준을 세 가지 정했다. 재밌는가? 대가는 적당한가? 경험이 되는가?

내가 선택한 일이니 투덜거리지 않고 즐기며 할 수 있어야 하고, 그에 맞는 대가가 지급돼야 한다. 이 일이 내게 좋은 경험이라면 그것 또한 너무 좋겠지. 이 모든 걸 만족시키는 꿈같은 일들이 내 앞에 떨어져 내 선택만을 기다리는 경우는 기적과도 같다. 세 가지 중에 두 가지 이상 맞아떨어지면 대단히 좋은 일이라고 생각하고 진행하기로 했다. 이렇게 하다 보면 세 가지 모두 만족하는 일을 할 수 있게 되겠지? 그때는 또 다른 기준을 세울지도 모르겠다.

평서문

살다 보니 조금 심심한 것들이 좋아진다. 달지도 짜지도 않은 음식, 덥지도 춥지도 않은 날씨, 의문문도 감탄문도 아닌 평서문 같은 시간. 화려한 것은 이내 질리지만 심심한 것은 계속 심심한 채로 남아 잔잔한 여운을 두고 간다.

사랑의 정의

내가 중학교 때 엄마는 아침마다 운전해서 학교에 데려다주셨다. 나는 한창 반항할 나이였고, 그런 나에 대한 엄마의 걱정과 불만이 극도로 높아졌던 시기였다. 매일 삼십 분 정도를 차를 타고 함께 있어야 한다니! 물과 기름을 강제로 섞은 듯 실내 공기는 불편함으로 가득했다.

당시 운전이 서툰 엄마는 평소보다 조금 더 날카로웠고, 근심과 걱정이 때론 뾰족한 단어로 변해 내게 날아왔다. 그에 익숙해진 나는 알았다며 인정하기도, 아니라고 소리치기도 했으며, 어떨 땐 아무 말도 들리지 않는 듯, 실제로 들리지 않을 때도 있었다, 묵묵했다. 적막하고 건조한 순간이었다.

그러다 가끔 급정거하게 되면 엄마는 팔을 내 쪽으로 뻗어 막아주셨다. 따뜻하지만 너무 간지러웠다. 그 간지러움이 어색했던 나는 "괜찮아요" 하고 퉁명스러운 말을 뱉어냈다.

시간이 많이 흘러 내 차가 생겼고 좋아하는 사람을 태우고 운전을 하게 됐다. 별일 없이 드라이브하던 중에 갑자기 튀어나온 다른 차에 놀라 브레이크를 밟았는데 내가 팔을 올려 그 사람을 막아주고 있었다.

남아 있는 마음의 뒤처리

　끊는 것은 어렵다. 이별은 슬프다. 이유가 어떻든 맺어졌다면 끊고 싶지 않았다. 그래서 놓지 못하고 있는 게 여기저기에 꽤 많다. 잡고 있다기보다 그냥 어딘가에 방치돼 있다고 말하는 게 맞겠다.

　가끔은 존재를 잊기도 한다. 오랫동안 잡고 있으면, 아니, 내가 놓지 않으면 관계를 지속할 수 있다고 믿었던 때도 있다. 맞다. 잡동사니 소굴에서 사는 데 대한 변명이다. 요즘은 반대의 생각을 하고 있다. 놓아주는 것도 관계다.

　더는 함께할 수 없다면 보내주는 것도 관계다. 잡아두고 잊는 것보다 그게 낫다. 옷장을 정리하다가 알게 됐다. 작년에 그랬던 것처럼 이 코트를 꺼내 입을 일은 없겠지. 알고 있지만 쉽게 버릴 수 없다. 나눠주거나 팔아야겠다. 옷장에서 나오지도 못하고 일 년을 더 묵히는 것보다는 그 편이 낫겠지. 나보다 잘 입어줄 사람이 있겠지.

이런저런 일들에 치여 까맣게 된 나는
영화를 보고, 산책하고, 음악을 듣고, 쇼핑을 하고,
그림을 그리고, 커피를 마시고, 사진을 찍고, 친구를 만나고,
회덮밥을 먹고, 삼겹살을 먹고, 김치볶음밥을 먹고……
좋아하는 일을 하나씩 하고 다시 맑아진다.
나만의 자정작용.

준비 과정

중대한 일을 하기에 앞서 이것저것 준비를 하는 편인데 준비 과정이 너무 길어져서 정작 하려던 일을 하지 못하는 경우가 있다. 책상을 정리하다가 서랍을 정리하기도 하고 대청소를 하거나 가구의 위치를 바꾸기도 한다. 그러다 보면 원래 뭘 하려던 것이 었는지 잊어버리기도 한다.

그때마다 목적을 잃었다며 스스로 원망하거나 초조해했는데 뒤돌아보니 목적은 늘 존재했었다. 조금 늦춰지더라도 언젠가 그 준비 과정이 모여서 큰 알맹이를 만들어낼 때도 있다고 생각한다. 세상에 의미 없는 일들은 없다.

중력

기분 좋은 일이 몇 개쯤 생기면
마음의 무게가 가벼워져
나도 모르게 붕 떠올라
팔다리를 허우적댄다.

그리곤 조금 가라앉은 다음 날
지난날의 민망함이 나를 덮쳐올 때쯤
허공을 향해 한 번 정도 발차기를 하면
원래의 무게로 돌아온다.

글쓰기 루틴

요즘은 글을 쓰고 있습니다. 글을 쓰는 시간이 하루 세 시간이라고 한다면 한 시간은 '나는 글을 쓸 수 있다'라고 마인드 컨트롤을 하며 내 안의 작가를 불러오는 일종의 주문을 외우고, 다른 한 시간은 철저히 다른 생각을 합니다. 남은 한 시간 중에 삼십 분 정도는 음악을 선곡합니다. 마지막 남은 삼십 분 동안 뭔가에 홀린 듯 열심히 글을 쓰다가 아, 이렇게 막 써도 괜찮을까 싶을 때 글쓰기를 종료합니다.

전문적으로 글을 쓰는 사람이 아니므로 어떤 방식으로 글감이 만들어지는지를 잘 모릅니다. 뭔가를 하다가 갑자기 어떤 생각이 불쑥 머릿속에 들어오거나, 친구와 대화를 하다가도 하고 싶은 이야기가 떠오를 때마다 그 자리에서 메모해둡니다.

문제는 너무 빠르고 간략하게 적어둔 메모를 다시 열어봤을 때 스스로 알아볼 수 없다는 것입니다. 다행히도 같은 경험을 몇 번이고 다시 하게 돼서 같은 단어를 나열하다가 '어? 이거 저번에 했던 메모와 비슷한데'라며 다시 글을 쓸 수 있게 됩니다.

나를 움직이게 하는 존재는 환경이 아니라

나 자신이어야 한다는 것을 느끼게 됐다.

무언가에 쫓기지 말고 즐거워서 달려야 한다고.

습관

손을 올려 눈을 가리고 자는 버릇이 있다. 들어오는 빛을 가리려던 행동이었는데 이제는 빛과는 상관없이 손을 올리지 않으면 잠이 오지 않게 됐다.

한동안 새벽을 즐기며 살았더니 이제는 딱히 즐길 것이 없어도 새벽 내내 깨어 있다. 마치 새벽이 나를 즐기고 있다는 느낌이다.

산책을 좋아해서 많이 걷는다. 오히려 집에만 있으면 걷지 않아서 다리가 아프다.

좋아하는 일

좋아하는 일을 직업으로 갖게 된다면 그 일을 싫어하게 되지는 않는지 질문받은 적이 있다. 물론 스트레스를 받는다. 하지만 싫어하는 일을 하면서도 스트레스를 받고, 좋아하는 일을 하면서도 스트레스를 받는다면 좋아하는 일을 하는 편이 더 좋지 않을까?

업무분담

전에는 누가 일을 시켜서 했고,
그 다음엔 내가 시키는 쪽이었다.
요즘엔 혼자 일을 하다 보니
내가 나에게 일을 시키고 내가 농땡이를 부린다.

가장 좋은 것의 기준

살다 보니 가장 좋은 음악,
가장 맛있는 음식,
가장 가고 싶은 곳이 아니라,

이런 순간 어울리는 음악,
이런 상황에 먹으면 좋을 음식,
지금 가고 싶은 곳이 남았다.

가장 좋은 것은 결국 그 순간 내게 좋은 것일지도.

빈티지

오래된 것을 사랑한다.
함께 보내온 시간이 그렇고, 그 시간에 담긴 기억이 그렇다.

하지만 가끔 오랫동안 방치돼 남겨진 것들을 발견하고 만다.
사랑보다 미안함이 든다.

남들은 새것이 좋다고 하지만 나는 꼭 그렇지만은 않다.
새롭게 만들어진 예쁜 것보다 오랫동안 유지된 것에서 더 큰 매력을 느낀다.

아름다움은 단지 오래된 관계에 있는 것이 아니다. 오랫동안 지켜온 노력에 있다.

내가 물병이면 좋겠다.

입구가 좁아도 차곡차곡 조금씩 담아낼 수 있는 모양이라면 좋겠다.

얕고 넓은 그릇처럼 쉽게 들어오고 쉽게 흘리는 일이 없었으면 좋겠다.

많지 않아도 괜찮으니 담은 것을 지켜내는

'단단하고 포용적인' 사람이었으면 좋겠다.

나는 내가 물병이면 좋겠다.

눈물

　이런 생각을 한 적이 있다. 나는 꽤 커다란 물컵이고 눈물이 가득 담겨 있다. 컵 안의 물은 한정돼 있고 나라는 컵은 계속 자라난다. 컵이 아주 작았을 땐 조금만 흔들려도 물을 흘리곤 했다. 이제는 꽤 시간이 지나서 남아 있는 물도 많지 않고 컵도 제법 깊어졌다. 보통의 일로는 물이 넘치지 않는다.

　그래도 어쩌다 갑자기 크게 흔들리면 조금 남은 물을 흘리게 된다. 그렇게 계속 흔들리다 보면 가끔 아무렇지도 않은 일에도, 예상치 못한 순간에, 원치 않는 상황에서 물을 흘린다. 아마도 물컵 여기저기 살짝 금이 갔는지도 모르겠다.

서운함에 관해

살면서 서운한 것이 없냐고 하면, 아주 예전엔 있는데 없는 척했고, 얼마 전까지는 생기는 족족 없애버렸다. 그리고 요즘은 그냥 그렇구나, 하고 생각한다. 어쩔 수 없이 겪어야 하는 일 정도로 생각하고 있는 것 같다. 사람은 참 쉽게도 다가오고, 각자의 흥밋거리를 얻고 사라진다. 모래사장이 파도에게 왜 내 모래를 가져갔냐고 묻지 않듯 나도 묻지 않기로 했다. 파도는 또 올 테고 나는 이것 말고도 가진 모래가 많으니까.

어른의 문장

　어른의 삶은 '그럼에도 불구하고'로 시작되는 문장과도 같다. 매사에 느긋한 나는 이제야 어른의 삶 '튜토리얼'을 속성으로 경험하는 느낌이다. 7월부터 시작된 바쁜 일정에 어제의 열네 시간 촬영이 더해져 마치 교통사고라도 난 것 같은 몸으로 아침을 맞았다. 몸만이라면 어떻게든 괜찮을지도 모르지만, 가족의 아픔이 매 순간 긴장하게 한다. 하루, 아니 반나절이라도 쉬면 어떨까 생각하다가도 해야 할 일에 몸을 일으킨다. 부디 이 피곤이 나를 날카롭게 만들지 않기를. 내가 내 사람들에게 언제나 다정하고 사려 깊은 사람으로 존재하기를.

가끔은 합리적인 사람보다 무모한 사람이 좋다.
"아무래도 괜찮아", "그럼에도 불구하고"라고 말하는 사람.

장래 희망

어떤 '직업'으로 사람을 소개하고 판단하는 것이 과연 옳은가 하는 생각을 한다. 사진가? 아, 이런 사람이겠구나. 변호사? 응 알 것 같아. 소설가라고? 뻔하네. 누군가 나를 이렇게 생각해도 좋을까?

돌이켜보니 어렸을 때 장래 희망을 묻는 말에 과학자나 대통령 같은 직업을 쓰는 것이 정답인 듯 여겼던 기억이 있다. 나는 한 번도 직업을 꿈으로 생각했던 적이 없다. 좋게 말하면 여러 가능성을 열어두고 있었고 나쁘게 말하면 아무 생각이 없었다.

그저 '어떤 사람'이 되고 싶었다. 나 자신을 좋아할 수 있고, 내가 좋아하는 일을 하고, 좋아하는 옷을 입고, 좋아하는 음식을 먹고, 좋아하는 동네에 살고, 좋아하는 사람들과 좋아하는 것들을 나누는 그런 사람.

그게 내 장래 희망이다.

평범해

'평범함'이라는 말이
사람을 판단하는 잣대로 사용되지 않았으면 좋겠다.

너는 너무 크잖아, 너는 너무 작잖아.
남들은 다 그런데 너는 왜 이러니.

평균과 다르다고, 평범하지 않다고,
특이하다고 말하지 않았으면 좋겠다.

평범한 사람은 평범한 사람대로,
그렇지 않은 사람은 그대로 평범한 듯 평범하지 않게 살 수 있으
면 좋겠다.

효율

여러 가지를 한 번에, 그것도 빠르고 멋있게 처리하는 게 합리적이라고 배웠지만, 나이가 들수록 하나씩 천천히, 제대로 하는 게 맞겠다는 생각이 든다. 라면 수프 두 개를 겹쳐서 한 방에 뜬다 보면 수프 가루를 흘리는 사달이 난다. 그거 하나씩 뜨는 데 얼마나 걸린다고.

하나라도 잘하자.

라면을 끓이다 갑자기 생각나서 까먹기 전에 서둘러 메모했다. 다시 라면에 달걀 넣으러 가야지.

여유

여유로운 사람이고 싶다.
시간도 체력도 돈도 넉넉했으면 좋겠다.
작은 일이 나를 신경 쓰게 만들지 못했으면 좋겠다.

사람들이 약속에 늦거나,
무거운 짐을 들게 하고 밖에 오래 세워두거나,
내게 계산을 부탁해도
대수롭지 않게 넘어갈 수 있었음 좋겠다.

일방적으로 약속을 취소해도
화내지 않고 혼자서 시간을 보내거나
친구에게 이리저리 끌려다녀도
피곤한 내색 없이 즐거웠으면 좋겠다.

함께 가고 싶은 곳에 데려가
마음껏 대접하고 싶다.

내겐 대부분의 일이 아주 작게 느껴졌으면 좋겠다.

평범한 사람은 평범한 사람대로,

그렇지 않은 사람은 그대로 평범한 듯 평범하지 않게 살 수 있으면 좋겠다.

Part 3.

당신의 이름이 붙어 있는 방

봄이면 좋겠다

네가 어둠이 아니었으면 좋겠다.
늦은 밤 너의 입술을 헤매지 않고도 찾을 수 있으면 좋겠다.
네가 태양이 아니었으면 좋겠다.
하늘색 나풀거리는 원피스의 너를
찡그림 없이 바라볼 수 있으면 좋겠다.
네가 겨울이 아니었으면 좋겠다.
강물을 얼게 하는 추위를 내게는 주지 않았으면 좋겠다.
네가 봄이면 좋겠다.

이름을 적어둔 방

친구가 많이 필요했다. 방 열 개를 만들고 친구들의 이름을 방문에 적어뒀다. 이름이 많아질수록 행복했고 이름표가 떨어지면 슬퍼졌다. 매일매일 이름표가 잘 붙어 있나 확인하기 시작했다.

방 열 개를 다 채웠지만 나는 여전히 외로웠다. 방이 더 많아지면 외롭지 않을 것 같아서 더 열심히 친구를 만들었다. 적혀 있는 친구의 이름을 외우지 못할 정도로 방이 많아졌다. 먼저 붙여둔 방의 이름표가 떨어져 나갔지만, 예전처럼 이름표를 확인하지 못했다. 언젠가 나는 이렇게 많은 방을 관리할 수 없다는 사실을 알게 되었다. 방 늘리기를 멈추자 빈방이 많아졌다. 매일 방의 이름표를 확인할 필요가 없어졌다. 방은 많지 않았지만 들어갈 때마다 따뜻하고 즐거웠다. 비어 있는 방에는 좋아하는 음악, 좋아하는 영화, 좋아하는 장소, 좋아하는 음식, 좋아하는 책, 좋아하는 만화의 이름을 걸어두기로 했다.

삼한사온

　겨울에 듣던 삼한사온이란 말이 있다. 사흘 동안 춥고 나면 나머지 나흘은 비교적 따뜻하다는 일종의 패턴이었는데 꽤 정확한 편이었다. 잘은 모르지만 뭔가 굉장히 과학적인 현상이었는데(시베리아 고기압의 반복 주기 같은) 이걸 배우고 난 뒤, 당연히 사흘 동안 추웠으니 오늘은 따뜻하겠구나 예상하면 보통은 그랬다.

　이런 것에 익숙해져서인지 사흘쯤 내게 차갑게 대하는 사람을 만나면 나흘 정도는 따뜻하겠지 하고 기대했다. 그리고 보통은 그랬던 것 같다.

　그런데 요즘은 왜 이러니. 감을 잡을 수가 없다.

불편한 감정이 생기면 마음속에 넣어뒀다.
서로 엉켜 있는 감정이 이따금 꺼내 달라고 하지만
아무 일 없는 듯 지내는 게 편해 못 들은 척했다.
언젠가 괜찮아지면 꺼내주겠다고 말했지만
영영 꺼내지 못할지도.

다정한 사람

사람들을 만날 때마다 어떻게 해야 할지를 고민하게 된다. 친절하게 행동하면 자칫 너무 앞서가는 것처럼 보일 수 있고, 적당히 차갑게 대하려 했는데 상대방과 거리를 두는 것처럼 보일 수도 있다.

오즘은 점점 사람에게 거는 기대가 사라지고 있다. 기대는 늘 깨지기 마련이고 내가 마음을 준 만큼 상대의 마음도 받을 수 있느냐 하면 그건 불가능에 가깝다. 내가 그러했듯 아직 관계에 서툰 사람이 너무도 많다.

하지만 서운하다는 감정만큼 좋은 선생님이 있을까. 서운한 마음을 알게 됐다면 다른 사람에게 그 서운함을 전달하지 않으면 된다.

다정한 사람이 좋다. 내가 그 사람에게 더 다정할 수 있도록.

소리 듣기

내 친구 모모는 자동차 시동을 걸 때 소리를 주의 깊게 든는 다고 말했다. 이유를 묻자, 엔진이 고장난 적이 있어서 그렇다고 했다. 언젠가 또 고장날 수도 있고, 고장을 너무 늦게 알아차리면 일이 커지기 때문이라고 했는데 내 경우엔 엔진 소리를 주의 깊 게 들은 적이 없었기 때문에 이 얘기가 신기하게 들렸다.

어느 날 친구에게 전화가 와서 받았다. 친구의 '여보세요'가 왠지 평소와는 달랐다. 친구의 목소리를 집중해서 듣다가 모모가 자동차 시동 소리를 듣고 고장 유무를 판단하는 것처럼 친구의 목소리로 친구 상태를 진단하는 내가 겹쳐 보였다.

친구도 고장이 나 있었다.

말을 높여요

사람들은 말한다. 친해졌으니 말을 놔요. 사실을 말하자면 나는 그다지 존대가 불편하지 않다. 서열의 문제나 상대방이 반말을 선호해서 억지로 반말을 해야 하는 상황이 더 불편하다. 정말이지 너무 친해져서 말을 편하게 하게 되더라도 존댓말과 반말을 섞어 쓰는 편이 좋다. 그런데 갑자기 궁금해졌다. 왜 말을 높이고 놓는다고 표현할까.

반말은, 즉 말은 놓는다는 것은 그동안 들고 있던 말을 놔버리는 것 같다. 아휴 힘들어. 잠깐만 내려놓을게. 가볍고 편하지만, 다시 말을 높이려면 허리를 구부려야 한다. 그렇다면 말을 높인다는 것은 어떤가. 사람들이 서로 말을 위로 들고 있는 것 같다. 양손에 말을 들고 서 있는 두 사람을 상상하니 조금 귀엽다. 말을 같이 들고 하는 대화는 서로를 존중하는 느낌이 든다. 힘들면 잠깐 내려놨다가 다시 들고, 상대방의 말도 잠깐씩 들어주는 관계 말이다.

앙금이 남았다.
노트북 한편에 질척거리며 잘 떼어지지 않는 스티커처럼.

소화 능력

　뷔페 같은 곳을 가면 몹쓸 책임감으로 무리해서 억지로 먹다가 탈이 나곤 한다. 술을 잘 먹는 사람은 술을 많이 마시는 사람이 아니라 소화할 수 있는 양만큼 마시는 사람이다.

　내 경우는 조금씩 천천히 먹어야 한다. 그렇다고 한 번에 많이 먹을 수 있는 사람을 탓할 순 없다. 소화할 수 있는 크기가 다를 뿐이다. 내가 소화할 수 있는 사람의 양도 정해져 있다.

　잘 먹는 사람과 함께라면 좀 더 무리하게 된다. 왠지 모를 승부욕으로 계획을 세워 종류별로 먹어도 보고, 음료수 마시는 걸 참으며 식사를 해보지만 좀처럼 쉽지가 않다. 아니 그보다 즐거워야 하는 식사 시간이 일처럼 느껴져 불편하기도 하다. 인간관계도 마찬가지인데, 주위에 대단한 인맥을 자랑하는 사람이 많이 있다. 그들이 부럽기는 하나, 나는 당장 내 앞가림 하나 못하는 상황인데 여러 사람과 알고 지내는 게 여간 어려운 일이 아니다.

무리해서 많은 음식을 먹고 탈이 나는 것처럼 나는 많은 사람과 관계를 맺고 지내기엔 서툰 사람 같다. 서툴다기엔 뭐랄까? 소화 능력이 떨어진다고 해야 맞을까?

능력에 맞게 살아야지. 내가 소화할 수 있는 만큼의 음식을 먹고, 내가 소화할 수 있는 만큼의 사람을 만나는 것 말이다.

브레이크 타임

음식점에 가면 브레이크 타임이 있다. 보통 오후 세 시에서 다섯 시 정도인데 그 시간엔 준비가 되지 않아 손님을 맞이할 수 없다. 바쁜 점심시간 동안 지친 체력을 회복하고 소비된 식재료를 다시 준비하기 위함이다. 그렇게 해야 손님에게 좋은 서비스와 맛있는 음식을 제공할 수 있다.

나 또한 사람을 만날 준비가 항상 돼 있지는 않다. 준비가 돼 있다고 해도 많은 사람을 만난 후엔 어느 정도의 휴식이 필요하다. 이십대는 나에게 브레이크 타임이었다. 경제적으로도 정신적으로 자립하지 못했고, 주변에 있는 사람들에게는 민폐를 끼치는 사람이었다. 그런데도 가능성을 보고 기다려줬던 친구들 덕분에 나는 그럭저럭 사람 구실을 할 수 있게 됐다.

조금만 기다려주세요. 내가 최상의 상태로 당신을 맞이할 수 있도록.

반복 학습

혼자가 익숙하게 되면
누군가 만나게 되고
그게 익숙해질 때쯤
다시 이별을 한다.
원래대로 돌아간 것뿐인데
왜 이렇게 낯설까.

세상엔 다양한 음식이 있다.

예전엔 먹어보지도 않고 먹지 않기로 마음먹은 것들이 꽤 있었다.

하지만 그중 몇몇은 어떤 계기로 좋아하게 됐다.

물론 시도조차 해볼 필요 없는 음식도 존재한다.

그 음식도 나를 그렇게 생각할지 모른다.

세상엔 다양한 사람들이 있다.

이미 알고 있었다

유통기한이 다 지난 파슬리를 주방 선반에 두고
이제는 먹지 못하는 걸 알면서도
조금씩 음식에 뿌리고 있었다.

나를 아프게 만들지도 모른다는 생각은 하지 못했다.
나를 즐겁게 만든다고 착각했다.

괜찮아,
괜찮아.
자기 최면을 걸고

가끔 속이 안 좋거나 하면
내가 예민하다고 생각했다.

유통기한이 적혀진 부분을 보지 않으면 된다고,
설사 보더라도 유통기한이 아니라 제조일자라고 생각하면 된다고
현실을 외면했었다.

그렇게 바보처럼
이미 변해버린 파슬리를 일 년이나 보관하고 있었다.

이제는 안다.
이 파슬리는 버렸어야 했다.

남겨두기

그러니까 뭐랄까 나는 약간 그런 구석이 있다. 너무 귀여워서 열 번이고 만지고 싶은 고양이가 있다면 참고 참아서 한 번 살짝 콕 만진다. 고양이로선 다른 사람에 비해 자신을 예뻐하지 않는 다고 생각할지도 모르겠다.

하지만 원하는 만큼 열 번이고 고양이를 쓰다듬고 만족하며 미련 없이 떠나가는 사람이 있는가 하면 나는 고양이를 뒤로하고 돌아오는 길에 머릿속으로 아홉 번 정도 그 고양이를 떠올린다.

안부

아마도 당신이
내 친구 중 한 명이라면 알고 있겠죠.
무심한 구석이 있습니다.
한 번에 여러 가지를 하지 못하기 때문이기도 하니 이해해주세요.
앞에 나타나지 않아도
마음속에 잘 보관하고 다니고 있습니다.

인생의 부가가치세

　살면서 만나는 사람 중 몇몇은, 대체로 십 퍼센트의 비율로, 나를 힘들게 한다. 사회생활을 하다 보면 당연히 겪어야 하는 일이라고 생각하고 참아봤지만, 그들이 회사 안에만 존재할 리 없다. 어디에나 있다면 내가 그런 사람들을 피하면 괜찮겠지? 하지만 아무리 피해도 그들은 기가 막힌 타이밍에 나를 찾아낸다. 아는 사람이건 모르는 사람이건 상관없다. 버스에도 지하철에도 길에도 마트에도 내가 안심이라도 할라치면 언제 어디서든 등장해서 십 퍼센트의 불편함을 선사한다. 열 명이 지나가면 한둘은 꼭 내 가방을 툭 치고 지나가고 극장에 열 번 가면 꼭 한두 번은 발로 차이거나 휴대전화를 하는 사람 때문에 신경을 쓰게 된다.

　이런 것에 하나하나 반응하며 불편해하고 기분 나빠하던 시기가 있었는데 언젠가부터 이런 상황 자체를 그냥 받아들이면 어떨까 생각했다. 인생의 부가가치세 정도로 여기는 것이다. 구천

원이라더니 왜 구천구백 원이 됐냐며 따지지 않고 그냥 그런가 보다 하고 내버려두는 것, 말하자면 십 퍼센트의 여유를 두는 것 말이다.

같은 의미로 일 년 중 12월은 겨울잠을 자듯 늘어진 채 지낸다. 아무것도 생산하지 않음에 죄책감을 느끼다가 매년 겨울은 이렇게 늘어져 지냈음을 알게 됐다. 어쩔 수 없는 흐름이라면 이것 역시도 인생의 부가가치세로 생각하기로 했다.

차곡차곡 내다보면 언젠가 환급받는 날도 오겠지.

●●

그동안 잘 해주지 못했다는 걸 알았다면
앞으로 잘 해주면 되지만

앞으로도 잘 할 수 없다는 걸 알았다면
안녕을 말해야지.

좋은 말

누군가는 "나도 다쳤으니까 너도 그래도 돼"라고 말하고
누군가는 "내가 다쳤으니까 너는 조심해"라고 말한다.

예전엔 말없이 전해지는 이유 모를 '심쿵'함이 좋았는데
요즘은 다정하고 구체적인 문장의 토닥임이 좋다.

일회용 반상회

사람들이 떠난 뒤 컵들은
그들이 나눴던 이야기를 가지고 모인다.

누군가는 사랑을, 누군가는 험담을,
누군가는 미래를, 누군가는 과거를 얘기했겠지.

일회용 컵처럼 곧 버려질 이야기들.

사라진 사람들

조금씩 내 일상에서 사라져버린 사람들이 있다. 멀어진 이유가 딱히 떠오르지는 않는다.

다시 가까워지는 게 가능할지도 알 수 없다. 그냥 밀려왔다 쓸려갔다 반복하던 물이 어느샌가 밀려오지 않고 있다는 걸 뒤늦게 안 느낌이랄까.

나는 괜찮으니 너도 괜찮으면 연락해.

좋아하는 색과 어울리는 색이 늘 같지는 않다.

온도 릴레이

놀이터 미끄럼틀이 한여름 햇빛을 머금고
뜨끈뜨끈해지는 것처럼
우리도 누군가와 영향을 주고받고 있다.
뜨겁게 혹은 차갑게.
그 온도는 또 다른 사람에게도 전해진다.
뜨거움에서 뜨거움으로,
차가움에서 차가움으로 이어지는 온도의 릴레이.

향기

머리끝에 매달려 있다가
바람에 날려 살랑거리며 퍼지는 경쾌한 향이 좋다.

목 뒤편에 자리 잡고 있다가
내 말에 고개를 끄덕일 때
살며시 피어나는 긍정의 향기가 좋다.

손을 꼭 잡고 걷다가 헤어진 후
우연히 손을 얼굴에 가져갔을 때 느껴지는
사람의 잔향이 좋다.

마주 보고 대화할 때 느껴지는 들숨과 날숨의 포근함이 좋다.

멀티태스킹

먼저 도착해서
책을 꺼내들었어.

내 손은
페이지를 넘기고 있지만
내 눈은
십 초마다 입구를
힐끔대지.

그러다
네가 들어오는 거야.

그럼 나는 모르는 척
계속해서
그래왔던 것마냥
열심히 책을 읽는 척하는 거야.

네 발소리가
가까이 다가올수록
책에 있는 글씨는
내 심장박동처럼
격렬하게 춤을 추지.

어, 왔어?

멀티태스킹 2

지금 막 도착했어.
문을 열고 들어가자마자
저 멀리 책을 읽고 있는 네가 보여.

날 보지 못한 걸까.
괜스레 나도
두리번거리며
너를 찾는 시늉을 해.

문을 여는 소리가 크게 났을 텐데
넌 열심히 책을 보고 있어.
귀엽단 말이지.

일부러 반대편을
기웃거린 후
이제야 너를 발견했다는 듯
씨익 웃으며
너를 향해 걸어가.

조심스럽게
다가가
네 앞에 서서
조용히 널 바라보고 있으면

네가 고개를 들며
내게 말을 해.

어, 왔어?

●●

상한 건 잘라내야 해.
아깝다고 남겨두면 더 상한다.

조언

대부분의 사람들이 하는 대부분의 연애는 이별로 끝난다.
그래. 맞다.
연애 애기의 구십 퍼센트는 실패담이라는 뜻이다.
그러니까 귀 기울여 듣지 않아도 괜찮아.
남의 조언은 대체로 실패한 사례니까.

좋은 대화

머릿속에 앨범처럼 정리해둔 경험을 꺼내서
나라는 책의 페이지를 한 장씩 넘기듯 보여준다.
혼자 하던 생각이 밖으로 뱉어지고 조용히 서로의 세계를 들여다
본다.

뱉어진 문장은 주변을 떠다니며 더 괜찮은 단어와 만나게 되고,
잘 맞는 그림 옆에 놓인다.

우리의 세계가 더 아름다워진다.

서운함은 하이파이브하려고 혼자 들었던 민망한 내 손이다.

결국은 타이밍

좋은 가사도, 좋은 멜로디도, 좋은 목소리도 들려지 않으면 의미가 없다. 지금 유행하는 음악도, 포털 메인에 뜬 기사도, 나를 위한 진심 어린 충고도 듣고 싶지 않은 순간이 있다.

그러다 문득 귀를 통해 머리로, 가슴으로 퍼지는 경우가 있다. 아니 그런 순간이 있다. 결국, 모든 건 타이밍이다.

그러니까 나중에 다시 말해줘.

관계의 장단

친구가 층간 소음 해결법을 알려줬다.
'윗집이 시끄러우면 올라가서 친해져라.'
그렇게 되면 덜 시끄럽다고 했다.
이유는 아마도 둘 중 하나겠지.

1. 시끄럽다고 해도 (친하니까) 이해할 수 있다.
2. 윗집 사람도 조금 신경을 써줄 것이다.

예전에 관계에 대해 한참 생각했던 적이 있다.

관계(친해지는 것)의 장단점
1. 평소에 거슬리던 게 덜 거슬린다.
2. 평소에 안 거슬리던 게 거슬린다.

이를테면 이렇다.
다른 사람이 하면 안 되는 것을
내 친구가 하는 건 괜찮다.

하지만
다른 사람은 다 해도 되는데
내 친구가 하는 건 싫다.

사랑받는다는 것

사랑받는다는 것은 뭐랄까.
모아도 모아도 모자란 컬렉션 같다.
마셔도 마셔도 갈증이 가시지 않는 사이다와도 같다.
사도 사도 끝이 없는 하얀 셔츠와도 같다.
봐도 봐도 질리지 않는 왕가위 영화 같다.

사랑받는다는 것은 뭐랄까.
언제 무너질지 모르는 지붕 같다.
우산 없이 외출한 소나기가 예상되는 날씨와도 같다.
곧 꺼질지 모르는 휴대전화 같다.
전송 버튼을 누르기 전 고민하는 메일 보내기 같다.

사랑받는다는 것은 뭐랄까.

새벽과 아침의 중간 같다.

낮에서 밤으로 넘어갈 때의 하늘 같다.

따뜻한 커피의 기운이 남아 있을 때 마시는 찬물과도 같다.

유난히 지친 날 받는 택배와도 같다.

사랑받는다는 것은 뭐랄까.

여러 장치에 연결된 블루투스 스피커 같다.

여러 곳에서 날아오는 캐치볼과도 같다.

값비싼 레스토랑 테이블에 놓인 계산서와도 같다.

다음 날 반납해야 하는데 아직 읽지 않은 장편소설 스무 권과도

같다.

사랑받는다는 것은

멈출 수 없는 이어달리기 같다.

아픔은 행복과 비례.
지금 아프다는 건 과거에 그만큼 행복했다는 뜻이다.
행복하지 않으면 아프지도 않다.

시간

만약 어떤 사람이 당신을 만날 때마다 늦거나
당신의 시간을 헛되이 낭비하려 한다면
당신을 소중하게 생각하지 않기 때문일지도 모릅니다.

내 순간은 소중합니다.
나는 매 순간 무한대의 가능성으로 성장하고 있어요.

내 시간을 소중히 대해주세요.
나를 배려해주세요.

녹는점과 끓는점

물과 기름이 다르듯
너와 나는 다르다.
끓기 시작하는 지점도
녹는 순간도 다르다.

당신이 기쁨으로 가득 차 신나게 춤을 추고 있을 때
나는 아직 미소조차 지을 준비가 돼 있지 않을 수도 있다.

어쩌면 내가 몹시 화나서 입을 꾹 닫는 순간에도
당신은 왜 말을 않냐며 나를 과묵한 사람 취급하는 일이 생길지
도 모른다.

좋은 이별

　모순이라고 생각했다. '안녕(Good bye)'이라니. 좋은 안녕이
란 없다고 말이야. 아마도 그건 낭만 병에 걸린 사람이 만들어낸
문장이거나 결과론자가 우기는 '끝이 좋아야 다 좋다' 따위의 무
의미한 자기 위안이라고.

　지난 일주일 동안 꽤 많은 이별을 했다. 심지어 몇 분 전에도
말이다. 마지막 날 야근을 하고 오묘한 표정으로 인사를 건네며
엘리베이터를 타는 직원의 두 손엔 지난 일 년여 간의 짐들이 들
려 있었다. 그리 친하진 않았지만 (사실 친하다는 단어의 무게를
아직 잘 모르겠다) 회사 밖까지 배웅했다. "고생했어요." 이 말밖
에 할 수 없었다. 나보다 그 직원과 오랫동안 수많은 점심과 커
피타임, 셀 수 없을 만큼 많은 낮과 밤, 몇 개의 계절을 함께 보낸
동료들은 조금 더 많은 말을 하고 싶었을 거다. 아니 반대로, 아
무 말도 필요 없었을지도.

　이별은 그렇다. 좋지는 않지만 나쁘지만도 않다. 각자 뒤돌아

서 반대로 걸어가는 것이 이별이라고 생각했었는데 떠나는 뒷모
습을 지켜보는 것도, 뒤돌아보지 않고 걸어가는 것도 이별이다.
각자의 역할이 있고 그것들을 잘 해낸다면……. 그래, 그게 좋은
이별일 거다.

나는 방금 꽤 괜찮은 이별을 했다.

Heart doesn't mean Hurt.

(사랑한다는 이유로 상처를 줘도 괜찮은 건 아니다.)

소금 맛 대화

솔직한 사람과의 대화는
언제나 즐겁다.

그것은 '소금'이라고
적혀 있는 통에 들어 있는
진짜 소금과도 같다.

소금 통에 소금이 들어 있는 게
당연한 일이지만

세상엔 소금인 척하는 설탕도,
그 반대의 경우도 있다.

정작 자신이 소금인지
설탕인지 모르는 경우도
꽤 많으니까.

인간관계 1

우연과 인연에 관한 생각을 여러 번 (주기적으로) 해왔는데, 결론을 먼저 말하자면, 인연 같은 거 '있다.' 그런 게 있다. 그러니까 무슨 말이냐면 잠결에 전날 충전한다고 꽂아놓은 아이폰을 건드려서 연결이 해제되고, 그 덕에 배터리가 다 돼서 지하철에서 연습장을 꺼내 그림을 그리게 됐고, 그러다 보니 내릴 역을 지나쳐서 한 정거장 더 가서 내리게 됐고, 돌아오려고 보니 아침 출근길에 넘어질 뻔한 것을 잡아줬던 긴 생머리 여자를 마주치게 되고, 집이 한 정거장 거리라는 사실을 알게 돼 동네 친구가 되고, 혼자 사는 서로를 걱정해 반찬 따위를 나눠먹다가, 친해져서 연인으로 발전하거나 하는 거 말이다(실화 아니다). 지어낸 얘기다.

위의 일 같은 게 일어난다면 정말 세상은 아름답지만 불공평하다.

인간관계 2

　인과관계의 끝을 어디라고 생각하느냐에 따라 인연이라는 단어의 깊이가 달라질지도 모른다. 하지만 인과관계에 끝이 있다는 것도 아이러니하다. 결과가 또 어떤 조건과 만나서 또 다른 결과를 만들고, 또 만들고, 또 만든다. 사람의 경우 더는 인과관계를 만들 수 없게 될 때도 있지만. 그만큼 어렵다. 유지라는 것은.

　사람 대 사람의 관계라는 건 그렇다. 어렵다. 특히나 연애는 어렵다. 그것은 마치 백 도에서 끓기 시작한 물을 백 도로 유지해나가는 일과 같다. 더 높지도 낮지도 않은 온도로, 식지도 증발해버리지도 않게 균형을 유지하는 것. 불순물이 들어가거나 불의 세기가 변하면 물의 온도가 변하기도 한다. 그것들을 잘 극복해나가는 것이다. 동화나 드라마처럼 만나게 됐다고 끝나는 문제가 아니다.

내 얘기를 주의 깊게 들어주세요.
내가 무언가를 좋아한다고 말하면
기억해주세요.

양보

오른발을 앞으로 디디면 자연스럽게 왼발과 멀어지게 된다. 하지만 곧 왼발이 오른발을 지나 앞에 서게 된다. 이것이 우리가 걷는 방법이다. 왼발과 오른발이 항상 같은 위치에 있다면 우리는 걸을 수 없다. 관계도 마찬가지다. 앞에 서거나, 뒤에 서는 것은 중요하지 않다. 그 관계 때문에 사람들은 손해를 보거나 피해 당하기도 하고 이익이 생기거나 도움을 받기도 한다. 그것은 오른발과 왼발의 관계처럼 극히 자연스러운 일이다.

전혀 손해를 보지 않으려고 한다면 우리는 아마 한 걸음도 나아가지 못할 것이다.

이런 신발

　새 신발을 사면 어김없이 발뒤꿈치가 까진다. 아마도 발의 모양 때문이라고 생각한다. 모두 다른 모양의 발을 가지고 있을 테니 모두에게 정확히 맞는 신발은 존재하지 않을지도 모르겠다. 때에 따라서 그 아픔마저도 설렘의 일종이 되곤 한다는 게 조금 신기하다. 물론 그 반대의 경우도 있다.

　하지만 주의할 것은 아프다고 신발을 구겨 신으면 안 된다는 사실이다. 때론 구겨진 신발이 발에 더 큰 상처를 내기도 한다.

만 삼천팔백 원

군대 제대하던 날, 강원도를 떠나 안양에 있는 집으로 돌아왔다. 하루아침에 소속이 사라졌다. 이십육 개월 동안 세상은 꽤 많이 변했고 나는 할 수 있는 게 없었다. 앞으로 뭘 할지 결정해야했다. 신중하게 결정하고 싶었다. 일 대신 고민을 택하고 나니 시간이 남았다. 대신 돈이 부족했다. 시간과 돈을 바꾼 셈이다.

시간은 여러 가지 경험과 다양한 사람을 만날 기회를 제공했다. 여러 사람을 만났다. 좋아하는 사람이 생겼다. 그리고 곧 첫데이트를 하게 됐다.

맞다. 나는 돈이 없었다. 이런 일을 대비해 모아둔 저금통을 다 털었더니 대비했다고 하기 민망할 정도인 만 삼천팔백 원이 나왔다. 더 오랫동안 대비했어야 했을까. 너무 애매한 돈이다. 반년쯤 후로 데이트를 미루는 게 맞을까. 모든 종류의 동전을 까만색 봉지에 담아 주머니에 넣었다. 동전의 무게만큼이나 마음도

무거웠지만, 약속을 취소하고 싶지 않았다.

카페에서 그녀를 만났다. 그녀가 주문한 음료의 가격에 맞춰서 나도 음료를 주문했다. 콜라를 좋아한다고 말했다. 사실이었다. 그녀와 카페에서 애기를 나누면서 생각했다. 재밌다. 즐거워. 나오길 잘했다. 기죽어 있던 내 자신감은 언제 그랬냐는 듯 자라나 대화를 이끌고 있었다. 잠시 화장실에 다녀오겠다고 하고 화장실에서 계산할 동전을 미리 세어뒀다. 준비가 끝나고 계산대에 섰다. '먼저 나가 있어'라고 말하고 계산하려고 하는데 그녀가 이미 했다고 한다. 계획이 틀어졌다. 아마도 내가 화장실에 갔을 때 계산을 한 모양이었다. 커피값을 먼저 내주는 멋진 여자지만, 지금은 곤란하다. 모든 것이 바뀌게 됐다.

그녀는 밥을 사 달라고 했다. 내 착각일지도 모르지만, 더 오래 같이 있자고 말하는 것 같았다. 좋은 일이다. 하지만 좋은 일이 아니다. 모든 것이 순조롭지만 또 모든 것이 다 꼬여버렸다.

우리는 이 층짜리 치킨집의 입구를 통해 가게로 들어갔다. 이층으로 바로 올라가 메뉴판을 펼쳤다. 치킨 가격은 만 오천 원쯤이었다. 아니 그보다 더 비쌌는지도 모르겠다. 만 삼천팔백 원으로 주문할 수 있는 치킨 메뉴는 없었다. 주문하고 오겠다고 말하고 카운터가 있는 일층으로 내려갔다. 계단을 내려가면서 이 위기를 어떻게 극복해야 할지 고민하기 시작했다. 조금만 깎아달라고 하면 어떨까, 나중에 돈을 가져다주겠다고 해볼까, 어느 것도 좋은 방법 같지 않았다.

카운터 앞에서 몇 분 정도 서 있었다. 다른 방법을 떠올려봤지만 이미 기가 잔뜩 죽어버렸다. 아무것도 생각할 수 없는 나는 실패자가 됐다. 그녀에게 급한 일이 생겨서 가봐야 한다고 말했다. 그녀는 함께 걱정해주며 빨리 가보라고 했다. 내 연기가 아주 나쁘진 않았던 모양이다. 아니면 너무 어설퍼서 그냥 보내고 싶었을지도 모르겠다.

주머니에 손을 넣고 걸었다. 짤랑거리는 동전 만 삼천팔백 원이 든 까만 봉지가 만져졌다. 걸을 때마다 소리가 나는 것이 듣기 싫었다. 봉지를 꼭 쥐고 집까지 걸어가며 부자가 되고 싶다고 생각했다.

그 이후로도 꽤 오랫동안 내겐 돈이 없었다. 이 지질한 경험을 통해 현실을 깨닫고 열심히 살아서 부자가 되는 스토리는 내 이야기가 아니었다. 이상하지만 그리 이상한 일도 아니다.

변칙플레이

　우리는 모두 글과 말이나 행동, 눈빛이나 제스처같이 생각을 전하는 모든 것을 통해 표현된 것에 책임을 져야 한다. 감정을 담은 말과 행동이 다른 사람에게 전해지기 때문이기도 하지만, 근본적으로는 밖으로 표현되는 순간 그 자체로 내가 되기 때문이다. 그것들이 모여 내 조각모음이 된다. 말하자면 내 패턴이 된다.

　나는 어려서부터 유난히도 날벌레를 무서워했다. 이유는 굉장히 단순한데 그들의 다음을 예측할 수 없기 때문이다. 예측 불가능하다니 얼마나 무서운가. 보통의 경우, 그러니까 아무리 위험한 상대를 만나도 언제, 어떻게 행동할지를 안다면 피할 수 있다. 피할 수 없다고 해도 방어 정도는 할 수 있겠지. 하지만 피할 수 없이 급작스레 다가오는 것들은 어떤가. 나방의 움직임이 무서운 이유다. 저 멀리 날아가는 듯하다가 갑자기 나를 향해 돌진한다. 좀처럼 안심할 겨를이 없다.

한없이 다정했다 갑자기 돌아서는 사람은 어떤가. 내가 원했던 다정이었을까? 내가 그들을 서운하게 했을까? 나도 당신도 순간적인 감정에 궤도를 바꾸지 않았으면 좋겠다. 나도 당신도 변하지 않았으면 좋겠다.

나라면 그럴 수 있을까? 당신은 내게 그렇게 해줄 수 있을까?

사람이 제일 힘들다.

근데 나도 사람이다.

내 친구도 나 때문에 힘들겠지.

정말 좋은 사람이 된다는 건

어렸을 때부터 나는 약한 쪽에 더 마음을 썼다. 농구 경기를 관람할 때도 지고 있는 편을 열렬히 응원했다. 어쩌면 당연한, 강자가 약자 위에 서는 장면은 늘 내 마음을 불편하게 만들곤 했다. 이십 대의 나는 강아지를 매우 좋아했다. 함께 살던 두 마리에게서 강아지의 매력을 학습했거나 이십 대부터 강아지를 좋아하도록 설계됐는지도 모른다. 어쩌면 그들이 나보다 약하다고 생각해서 그랬을까?

형제 없이 자란 내게 '아롱'과 '제롬'은 아주 좋은 동생이었고, 사랑스럽지만 귀찮지는 않은 완벽한 존재였다. 그렇게 강아지를 사랑하게 됐다. 그 정도가 얼마나 심했냐면, 길을 걷다 우연히, 어쩌면 내가 찾아다녔을지도 모르지만, 유기견을 발견하면 집에 데려오기 시작했다. 처음엔 한 마리였던 것이 두 마리가 되고, 네 마리가 되고, 다리를 다친 아이도, 허리를 다친 아이도 우리 집에 모였다. 곧 우리 집은 강아지 세상이 됐다. 약한 아이들을 집에 데려오는 내가 대견하고 기특했다. 가여운 강아지들을 모두 집에 데려오는, 이렇게나 착한 사람이란 걸 사람들이 몰라준다고 생각했다.

학교에 있거나 일하는 동안에도, 친구들과 술을 마시거나 농구를 할 때도 나의 그런 면이 자랑스러웠다. 하지만 강아지가 집에서 얼마나 외로울지, 어떻게 적응할지, 집을 얼마나 더럽히고 엉망으로 만들지 고민하지 않았다. 단지 약한 강아지를 집에 데려올 뿐이었다.

어느 날 엄마는 강아지를 데려오는 일을 그만 하면 어떻겠냐고 하셨다. 강아지를 데려올 줄만 알았지 내가 데려온 강아지를 누군가 돌보는 것에 관해선 생각하지 않았다.

내가 약한 강아지를 구조하는 동안 엄마는 강제로 강아지 도우미가 되셨다. 엄마는 약한 아이들을 도울 줄 아는 내가 자랑스럽다고 말씀하셨다. 하지만 그 아이들을 돕는 것만큼 주변 사람들도 생각해달라고 부탁하셨다.

나는 결국 강아지에게 좋은 사람이 되는 것과 엄마에게 나쁜 아들이 되는 것을 맞바꾼 셈이었다. 나는 그 책임을 엄마에게 넘겼다. 모든 사람에게 좋은 사람일 수는 없다. 누군가에게 좋은 사람이 되려면 누군가에겐 그렇지 않아야 할 때도 생긴다.

제롬과 아롱

내 나이 앞자리 숫자가 '2'로 바뀔 때부터 같이 지내온 강아지 두 마리가 모두 하늘로 떠나버렸다. 할아버지가 돼도 미모를 뽐내던 제롬은 죽는 날 역시도 너무 작고 예뻐서 도저히 다시 눈을 뜰 수 없을 거라는 생각을 하기 힘들었다.

아롱이는 몇 년 전부터 다리를 심하게 절었다. 이따금 스무 살의 나보다 빠르게 달렸던 아롱이의 어린 시절이 떠올랐다. 언젠가 중요한 미팅에 들어가려는데 엄마께 문자가 왔다. '아롱이 하늘나라로 갔어.' 제롬이가 떠났을 때도 같은 문장을 봤었다.

처음 만났을 땐 아롱이도 나도 매우 어렸고 서로에게 꽤 의지하고 있었다. 설날이 아니면 추석이었던가. 그러니까 이게 마지막이었다. 집에 들렀을 때 내가 머리를 쓰다듬어줬는데 내가 누군지 구별하지 못했다. 내가 군대에 갔다고 일주일을 금식하며 슬퍼하던 그 아이가 말이다. 몇 시간 후 미팅을 끝내고 엄마께 전화했다. 오래전 유기견을 데려왔다고 대학생 아들을 혼내시던 엄마는 아롱이의 죽음에 누구보다 슬퍼하신다. 내가 걱정할까 차분차분 담담한 목소리를 내려는 엄마의 노력을 느낄 수 있었다.

정말이지 아직도 믿기지 않지만(믿고 안 믿고의 문제 이전에 별로 받아들이고 싶지 않다), 내게 사랑을 알려줬던 강아지들을 이제는 볼 수 없다. 상상하고 싶지는 않았지만, 영화나 드라마를 보다가 강아지와 이별하는 장면을 볼 때면 언젠가 이 아이들과 나도 이별하게 되겠지, 그렇게 되면 굉장히 힘들겠구나 생각했다. 그런데 의외로 꽤 덤덤하게 지내고 있다. 하지만 나는 별다른 일이 없는 한 다시는 동물과 함께하지 못할 것 같다. 나의 이십대를 함께 보내줘 감사합니다.

아롱, 제롬 안녕히.

율무

율무는 이케아에서 데려왔다. 원래는 팔다리가 부실했는데 몸 안에 있는 솜을 새로 바꿔준 뒤로 (수술 자국이 생겼지만) 건강해졌다. 율무라는 이름은 피부색(?) 때문에 곡물인 율무에서 따왔다. 같은 방식으로, 타고 다니는 자동차는 백설이라고 이름 지었다. 그러고 보니 대체로 이런 방식으로 이름을 붙이는 모양이다. 쉽게 지은 이름처럼 보이지만, 유일무이(only one)의 의미도 담았다. 수많은 강아지 인형 속에서 율무를 알아보고 데려왔으니까.

어렸을 때 강아지들을 키웠는데 강아지별로 떠나보내고 힘들었기 때문에 더는 강아지를 키우지 않겠다고 결심했다. 가족처럼 여기던 강아지의 죽음을 맞이하는 게 유쾌하지 않았다. 그래서 율무를 키우는지도 모르겠다. 생명은 없지만, 그래서 죽지 않으니까.

이상하게도 강아지들은 못생길수록 예쁘다.

사랑한다

사랑한다는 문장의 무게를 모를 땐 마치 인사처럼 사용하곤 했다.
만나고 헤어질 때, 잘 자라는 인사나 축하한다는 말 대신 사용하
는 만능의 문장처럼.

시간이 지나고 도저히 그 문장을 사용할 수 없게 됐다.
대신 다른 문장을 만들어 꼭 사용해야 할 순간에 사용했었다.

"네 이름을 적어놓은 나무가 있는데
그 나무가 내 마음속에서 매일매일 자라난다."

"무슨 말이야?"라고 되묻는 경우가 생기는 부작용이 있긴 하지만.

쿨한 사람

나는 내가 쿨한 사람이었으면 하고 늘 바랐다. 사사로운 일에 반응하지 않고, 대범하게 행동했으면 했다. 질투나 서운함과 같은 감정은 처음부터 존재하지 않는 듯 모르고 싶었다. 하지만 그건 바람일 뿐 질투와 서운함은 어렸을 때부터 함께 해온 절친이었다. 특히나 연애라도 할 때면 이 친구들이 매일같이 나를 찾아와 괜찮냐고 물었다. 괜찮았는데 괜찮냐고 물으면 그때부터 안 괜찮아지는 신비한 바로 그 질문 말이다. 혼자 있고 싶어서 돌려보내도 찾아와 함께 있겠다며 와준 친구들을 매몰차게 돌려보내지 못했다. 그래서 연애 비슷한 걸 하게 되면 그때부터 질투와 서운함은 나와 같은 방을 쓰게 된다.

그리고 당연하게도 매일같이 질투가 나고 열불이 나고 서운할 일들이 잔뜩 생기게 된다. 혼자라면 그냥저냥 견딜 만한 일들이 친구들과 함께여서 더 커지는 것 같았다. 하루하루 느껴지는 큰 감정들이 벅차게 느껴졌다. 오랜 고민 끝에 이 친구들에게 집을 나가라고 말했다.

그렇게 나는 쿨한 사람이 됐다. 누구랑 언제까지 있었어? 그 사람이랑 무슨 사이야? 같은 질문도 더는 하지 않았다. 대신 재밌어? 뭐 했어? 어제는 연락이 안 되더라? 같은 질문을 하게 됐는데 알고 보니 질투와 서운함이 나간 자리에 지질함이라는 아이가 몰래 들어와서 살고 있었기 때문이다.

온도

겨울엔 종종 시리(Siri)에게 '오늘 추워?'라고 묻는다. 시리는 그때마다 '덜덜덜', '오늘은 매우 춥겠네요' 같은 대답을 한다. 하지만 언젠가 '오늘은 날씨가 너무 따뜻해요'라는 말을 시리에게 들을 수 있을 것이다. 아니 그 말은 굳이 시리에게 듣지 않아도 되겠다.

천천히 끓고 천천히 식어서 다른 사람과 타이밍을 맞추는 게 어려운 편이다. 내내 무표정으로 있다가 집에 돌아가 샤워를 하다 웃음이 터지는 날이 있는가 하면 다른 사람은 시들해질 무렵 신이 나 춤을 추기도 한다. 같은 속도로 걷는 것만큼 같은 점에서 끓거나 녹는 것도 중요하다.

사람들과 적당한 거리를 유지하려고 노력한다. 그래서 가끔 원망을 듣거나 할 때도 있는데 그건 내가 당신과 가까이 지내고 싶지 않아서가 아니라 관계를 오래 유지하고 싶어서라고 속으로

만 말한다. 자석처럼 서로를 당기듯 찰싹 붙는 관계가 있다면 조금 떨어져서 거리를 유지하는 관계도 있다.

어른이 되면 넘어져도 아무 일 없던 것처럼
툭툭 털고 일어날 거라 생각했었는데
넘어지는 게 무서워서 뛰지도 못하게 됐다.
일도 관계도.

Part 4.

여행은 아직 끝나지 않았다

동네와 만나다

　동네마다 특유의 분위기가 있다. 건물의 구조, 골목의 형태, 상가의 모양, 머무는 사람들. 그런 것이 모여 동네를 만든다. 특색이 없고 심심한 동네가 있는가 하면, 다양한 개성이 넘치는 동네도 있다. 낮엔 열심히 일하고 밤에 불이 꺼지는 동네가 있는가 하면, 내내 잠잠하다가 밤이 되면 불타오르는 동네가 있다.

　마치 사람 같다.

　연희동을 거닐다 문득 내가 연희라는 사람을 만나고 있다고 생각했다. 까만 생머리의 키가 큰, 화장기 없는 맑은 얼굴에 큰 보폭으로 느리게 걷는, 연남이라는 말썽꾸러기 남동생을 둔, 흰 셔츠를 입은 소녀가 떠올랐다. 그렇게 생각하고 보니 연희동에 연희와 비슷한 분위기의 사람이 많다는 것을 알게 됐다.

동네는 사람을 담는다.
그리고 동네는 사람을 닮는다.

동네는 사람을 담는다.
그리고 동네는 사람을 닮는다.

합정과 당산

　지하철을 타고 합정에서 당산으로 가면 한 정거장 만에 다리를 건너며 한강을 관람할 수 있다. 이 경로를 꽤 좋아한다. 그러니까 약간은 늦은 주말 오후에 떠나 온통 어두워질 무렵 다시 돌아오는 것이다. 떠날 때도 돌아올 때도 강과 하늘의 색은 같다. 이 구간을 지날 땐 내가 타고 있는 지하철이 유람선으로 바뀌는 듯한 경험도 하게 된다.

앤트러사이트 연희점

창문으로 육교가 보여서 좋아하는 어느 카페는 일 층에서 주문하고 이 층에 올라가면 주문을 받은 직원과 다른 직원이 서빙을 해준다. 다른 카페의 경우엔 진동벨 같은 걸 주고 찾으러 오게 하는데 그런 것도 없다. 어떻게 나를 찾아내는 것일까. 답을 찾지 못하고 내 궁금증은 뒤로 밀려났다.

어느 날 다른 사람에게 메뉴를 가져다주는 실수를 목격했다. 어떤 완벽한 시스템 같은 것이 있으리라 생각했는데 이건 분명 사람이 하는 일이다. 그다음부터 나는 주문을 받을 때부터 내가 앉을 때까지의 과정을 관찰했다. 그리고 알게 됐다. (아마도) 주문을 받는 직원은 주문하는 사람의 인상착의를 적는 것 같다. 이 인상착의를 바탕으로 서빙을 하는 직원이 손님을 찾아낸다. 나에 대해 뭐라고 적고 있는지 너무 궁금하다. 그들이 적고 있는 그 글만으로도 소설 한 편이 완성될 것 같다.

마주치는 사람들

동네에 좋아하는 가게가 생기고, 생각날 때마다 찾다 보니 친구나 가족보다 가게에서 일하는 분들을 더 자주 보게 되는 일이 심심치 않게 벌어진다. 어떤 날은 동네 콩국수 가게에서 밥을 먹고 나오다가 마주친 미용실 원장님의 안부를 묻고, 자주 가는 카페 앞에서 단골 고깃집 사장님과 커피를 마시며 인사를 나누는 일도 벌어지곤 한다. 왠지 아주 작은 마을 같다.

낯선 곳으로 떠나는 것, 비행기를 타는 것,
익숙하지 않은 언어가 들리는 곳에서 낯선 이를 만나는 것만이
여행은 아닐 것이다.

여행의 정의

처음엔 여행을 대단한 것으로 생각했다. 일상에서는 느끼지 못하는 대단한 경험을 하고 돌아와야 한다고 생각했다. 그래서 떠나지 못한 적도, 미루고 미루다 가지 못한 적도 있다. 여행이 일종의 숙제처럼 여겨졌다. 마음먹었던 곳이 있거나, 그런 게 없더라도 지금의 상황(휴가 기간이나 금액)에 딱 맞춰 어딘가에 다녀와야 한다고 말이다. 다녀오지 않으면 크리스마스 날 집을 지키는 케빈처럼 나 홀로 남겨져 쓸쓸함을 느끼게 될까 봐 어딘가로 떠나야 한다고 생각했다.

또 한동안은 여행은 돌아오는 것으로 생각했다. 여행에서 일상으로, 삼다수에서 아리수로, 야라강(오스트레일리아 멜버른 시내를 흐르는 강)에서 한강으로 돌아와 적응하는 것으로 생각했다.

요즘은 인생이 여행 같다고 생각했다. '나도 모르게' 여행을 시작했고 아직 그 여행이 끝나지 않은 건 아닐까 하고 말이다. 멀리 떠나지 않더라도, 비행기를 타거나 짐을 싸서 다니지 않더라도 우리는 항상 친구를 만나고, 동네 카페에 가고, 한 정거장 먼저 내려 걷거나 하면서 일상 속에서 작은 여행을 하고 있다. 좋아하는 것을 찾고 만나는 여행.

낯선 곳으로 떠나는 것, 비행기를 타는 것, 익숙하지 않은 언어가 들리는 곳에서 낯선 이를 만나는 것만이 여행은 아닐 것이다.

이 주간 도시 네 개를 다녀올 일이 있었다. 일정을 마치고 돌아온 내게 친구들이 물었다. "여행이었어? 출장이었어?" "그러게 나도 그걸 모르겠네. 굳이 나누자면 입금이 됐으니 출장이겠지만……" 언젠가부터 여행과 출장의 경계가 모호해졌다. 일과 놀이의 중간에 있달까. 쓰다 보니 내 인생과도 같다. 대체 언제부터 이렇게 된 걸까? 아니 어쩌면 시작부터 그랬는지도 모르겠다. 카메라를 들고 여행을 떠났을 때부터……. 떠나면 다 여행이지. 그래 맞는 말이다.

그렇다면 여행이란 뭘까. 하던 걸 잠시 중단하고 오감으로 주변을 느끼는 것이 아닐까. 소리를 듣고, 주변을 관찰하고, 냄새를 맡고, 공기를 느끼고, 음식을 먹고 (내 경우엔 커피가 제일 먼저지만) 결국은 서울에서도 하던 일이다. 그렇게 서울을 여행했었다. 그래. 맞다. 뭘 하든 그 안에서 여행을 할 수 있다. 그러니까 그냥 사는 게 여행인 셈이다.

친구들이 다시 묻는다. "러시아는 어때? 블라디보스토크는 어땠어? 모스크바는 어땠어? 베를린은?" 나는 숨을 고를 시간을 달라는 듯이 사진첩을 열어 사진을 보며 말했다. "다 너무 좋았어." 특히 모스크바랑 베를린이 좋았다. 근데 베를린의 경우는 뭔가 부족해. 마흔 시간 정도를 체류했는데 자동차와 호텔에서 보낸 시간이 더 길었기 때문이다. 그럼 나는 베를린에 다녀온 걸까. 여행이라고 하기엔 너무 짧았다.

공항 밖으로 나가지 못했지만 나는 싱가포르와 홍콩, 폴란드에도 다녀왔다. 말레이시아에서 하루, 인도네시아에서도 하루를 보냈었다. 그것은 여행인가 아닌가.

아, 이제 조금 알겠다. 여행은 장소가 아니다. 여행은 경험이다. '어디에 다녀온다'가 아니라 '어떤 경험을 하고 오다'라고 생각한다. 모든 경험이 그렇듯, 모든 여행은 값지다. 다만 베를린에서는 꼭 미술관에 다녀오고 싶었는데 그러질 못했다. 도시 자체가 이미 미술관과도 같아서, 폰트도 건축도, 좋았다. 그래서 더 아쉽기도 했다.

그래, 다시 오면 되니까. 왠지 여행은 아쉬울 때가 더 좋더라.

지금이 아니어도 괜찮다

내 여행은 가득 찬 책장 같았다. 서랍 가득, 해야만 하는 일들을 넣어두고 모두 꺼내 쓰지 못했다고 스스로 원망하던 때가 있다. 일정과 일정 사이에 조그만 틈을 만들어 억지로 끼워 넣고는 했다. 나는 뭘 하려던 걸까. 여행은 즐거워야 한다. 지금이 아니어도 괜찮다. 급할 것 없어. 좋았던 여행지는 아이러니하게도 계획한 것을 다 하지 못하고 돌아온 곳이었다. 그래서 두 번, 때로는 세 번쯤 가기도 했고 그때마다 좋았다. 한 번에 모든 걸 다할 수는 없다. 가능하다고 해도 좋은 방법은 아니다.

하룻밤 동안 영화 세 편을 본 적이 있다. 좋은 도전이었다. 밤새 예쁜 장면, 듣기 좋은 언어, 멋진 배우들과 만났다. 하지만 다음 날부터 모든 게 혼란스러웠다. 영화의 내용이 엉키기 시작했다.

무리하지 않아도 괜찮다. 천천히 여러 번 경험해도 괜찮다. 우리는 즐거워야 한다.

최고의 여행법

　보통은 아무것도 정하지 않고 여행을 간다. 여러 번 다녀온 곳이라면 당연히 선택지가 많을 테지만 첫 여행에서는 할 수 있는 것이 많지 않다. 그럴 때는 카페나 식당, 혹은 미술관이나 가게를 하나 정한다. 그리고 아침에 눈을 뜨면 그리로 간다. 그런 뒤 다음 행선지를 그곳에서 만난 이에게 묻는 것이다.

　커피가 너무 맛있어. 고마워.
　혹시 근처에 추천해줄 만한 식당이 있을까?
　근처에 로컬 패션 브랜드가 많은 곳을 알려줄 수 있어?
　이따가 또 커피를 마실 건데 여기랑 비슷한 가게가 있니?
　어떤 미술관을 다녀왔는데 또 다른 미술관이 있을까?
　이런 방식인데 아직까지 실패한 적이 없다.
　내겐 최고의 여행법이다.

여행 갈 때 향수를 새로 하나 사거나
혹은 여행지와 어울리는 향수를 하나 챙겨 간다.
여행 내내 나와 함께한 그 향수는 돌아온 뒤 한동안 사용하지 않는다.
여행의 여운이 가실 때쯤 그 향수를 뿌리고 외출하면
여행의 추억이 한달음에 달려온다.

삿포로

더운 여름, 아름다운 겨울 경치로 유명한 삿포로로 떠나게 됐다. 직장에 다니고 있었고, 휴가를 낼 수 있는 기간이 정해져 있었다. 그 무렵 이별을 했고, 다녀올 수 있는 곳은 많지 않았다. 나쁘지 않은 선택이었다.

점심시간을 이용해 적당한 여행지를 검색했다. 몇 번의 클릭으로 십구만 원에 일본에 다녀올 수 있다는 걸 알았다. 홀린 듯 표를 예약했다. 어디에 있는 어떤 곳인지 알아보는 것은 나중으로 미뤘다. 한참의 시간이 흘렀다. 정신없이 바쁘게 지내다 하루 전날에서야 여행 준비를 시작했다. 역시나 아침 비행기를 놓치고 말았다. 공항에 도착한 나는 굉장히 좌절했는데, 여러 가지로 알아보니 내게 남은 방법이 두 가지 있었다. 사실 방법이라고 말하기도 부끄럽다.

첫 번째는 호텔을 취소하고 여행을 포기하는 것이었다. 당연히 비행기 표는 환불받을 수 없겠지만 호텔 숙박비의 오십 퍼센트 정도를 돌려받을 수 있다. 두 번째 방법은 가는 표만 편도로 다시 사고 돌아올 때는 이미 예매한 항공편을 이용하는 것이었다. 언뜻 보기엔 두 번째 방법이 합리적으로 보이지만 현장에서 알아본 가장 빠르고 가장 저렴한 비행기 표 가격은 편도 오십만 원이었다. 왕복을 십구만 원에 끊었는데 편도를 오십만 원에 끊어야 한다니. 엄청난 충격이었다.

다시 고민에 빠졌다. 공항 이용료로 십구만 원과 숙박하지 않은 호텔의 이박 요금을 내고 집으로 돌아가서 친구들의 비웃음을 살 것인가, 아니면 오십만 원을 더 내고 삿포로에 다녀와서 친구들의 비웃음을 살 것인가⋯⋯. 어느 쪽이든 비웃음거리임은 틀림없다. 정말 어려운 문제였다. 한참을 고민하다가 어떻게 해도 바보가 된다면 다녀오는 편이 낫다고 생각했다. 그렇게 삿포로로 출발했다.

좌절이 내게 작은 기쁨에 반응하는 법을 알려준 걸까. 시작과 비교하면 여행은 정말 끝내주게 재밌었다. 그래서 방심을 하고 말았다. 실수는 이런 순간에 찾아오는데 말이다. 적당한 타이밍을 기다린 것일까? 돌아오기 바로 전날, 전 재산이 든 지갑을 잃어버렸다. 여행 시작부터 화려하더니 마지막에 화룡점정을 찍었다. 그래, 완성이란 이렇게 하는 것이지. 대체 어디에서 잃어버린 걸까. 나는 어딘가로 가는 기차를 타고 있었고 한 번만 더 타면 도착할 수 있었다. 환승역에서 내려 가방을 여러 번 뒤집어 탈탈 털고 겉옷을 입었다 벗기를 반복했다. 잃어버린 게 확실하다.

역무원에게 도움을 요청했다. 기차를 타기 전에 들렀던 곳들과 지금 상황을 설명했다. 역무원은 잠시만 기다리라고 했다. 그리고 자판기에서 물을 하나 뽑아서 내게 건네줬다.

나는 아마도 오늘 목적지에 가지 못할 것이다. 지갑이 없고 돈도 없다. 표를 사지 못할 테니 돌아가야 할 것이다. 그렇다면 여기까지 온 것에 만족하자. 자책하고 있을 시간이 없다.

역 밖으로 나가서 열정적으로 사진을 찍기 시작했다. 뭐라도 남기고 싶었다. 삼십 분쯤 지났을까. 무슨 소리가 들려 돌아보니 "김~상!" 역무원이 저 멀리서 손을 흔들며 달려온다. 하던 일을 멈추고 그에게 달려갔다.

몇 번의 전화로 알아냈는데 삿포로에 있는 어떤 경찰서에서 내 지갑을 보관 중이라고 했다. 그는 내게 종이를 건넸다. 거기엔 일본어가 가득했다. 대강 '나는 김규형이고 어떻게 생긴 지갑을 분실했습니다'라는 뜻으로 보였다. 그 종이를 들고 나는 다시 삿포로역으로 향했다. 중간에 몇 가지 일들이 더 있었지만, 결과적으로 지갑은 내 손에 들려 있었다.

시간은 밤 아홉 시 정도. 하루가 거의 저물었다. 가고 싶었던 여행지에 다시 갈 시간은 없다. 그럼 이제 뭘 할까. 이상한 생각이 들었다. 지갑을 잃어버렸다가 찾았더니 공돈이 생긴 것 같기도 하고, 열심히 아껴야 한 번 잃어버리면 꽝이구나 하는 생각도 들었다. 그래, 근사한 저녁을 사 먹자. 여행 내내 아꼈던 돈으로 여러 가지로 고생한 나를 위로해주고 싶었다. 푸짐한 저녁을 먹고 숙소로 돌아오며 그렇게 나쁜 여행은 아니었네라는 생각이 들었다.

今日. 札幌グランドホテルの スターバックスで
財布を置き忘れましたが. 中央警察署に
届いていると聞いたので. 財布を取りに
来ました 。
私の名前は. KIM KYU HYUNG です.

'김규형이고 어떻게 생긴 지갑을 분실했습니다.'
그가 건넨 쪽지 덕에 잃어버린 지갑을 찾을 수 있었다.
그렇게 나쁜 여행은 아니었네.

삿포로행 기차에서 만난 친구

삿포로에서 둘째 날, 아침을 먹고 하코다테로 출발했다. 하코다테는 〈러브레터〉라는 일본 영화에 나오는 작은 도시다. 기차로 왕복 여덟 시간쯤 걸리는 먼 거리였지만 가장 가보고 싶은 곳이었다. 얼마가 걸리든 상관없었다.

장거리 여행이었기 때문에 화장실에 가기 편한 복도 쪽 좌석을 예매했다. 역에 조금 넉넉하게 도착해서 커피 한 잔을 사서 기차를 탔다. 삼십여 분을 달렸고 창문 밖으로 정말 예쁜 풍경이 펼쳐졌다. 도저히 사진을 찍지 않고는 견딜 수 없었다. 창 쪽 자리엔 누군가 앉아 있었기에 주섬주섬 카메라를 챙기고 일어나 열차의 칸과 칸 사이로 갔다. 큰 창으로 보이는 멋진 하늘과 구름, 끝이 보이지 않는 초록빛 자연에 여행을 오긴 했구나 하는 실감이들었다. 열심히 셔터를 눌렀다.

기차 속도가 빨라서 눈에 보이는 만큼 예쁘게 담길 리 없겠지만 그래도 사진을 찍었다. 겨울에는 내가 보는 이 장면에 하얀 눈이 덮이겠구나 상상하며 머리로 그림을 그리기 시작했다. 벌써 겨울에 다시 오고 싶어졌다. 한참을 기차의 칸과 칸 사이에서 밖을 바라보다 다시 자리로 돌아왔다. 찍은 사진들을 보다 보니 또 창밖이 궁금했다. 슬쩍 고개를 옆으로 돌려 창가를 바라봤다. 옆에 앉은 남자가 휴대전화를 하다가 내 쪽으로 고개를 돌리며 말했다.

"한국 분이시죠?"

어어? 한국 사람이었다.

"네, 한국 분이셨네요……."

내가 대답했다.

"창가 쪽에 앉으실래요?"

그는 나와 내 카메라를 번갈아 보더니 물었다.

"괜히 저 때문에……" 하고 미안함을 표현하려고 하는데

그가 말했다.

"저는 괜찮아요. 사진 찍기 편하게 이쪽으로 앉으세요."

이번엔 거절하지 않고 그와 자리를 바꾸었다. 그리고 인사를 나눴다. 그는 디자이너였고 얼마 전 여자친구와 헤어지고 어디든 떠나야겠다고 생각했다고 했다. 그리고 이유는 모르겠지만 삿포로에 오게 됐다고 했다. 나도 나에 관한 얘기를 했다. 어떤 일을 하고 있는지, 왜 삿포로에 오게 됐는지, 비행기를 놓친 것과 새로운 표를 사서 왔다는 얘기는 괜히 했다고 생각했지만 이런저런 얘기를 나누다 보니 하코다테에 도착했다.

"같이 다니실래요?"

우리 중 누가 말했는지는 기억나지 않는다. 기차에서 우연히 만난 한국 남자 둘은 일본의 어느 작은 시골을 함께 여행하기로 했다. 그는 꽤 준비성이 있는 사람이었다. 하코다테역에서 내리면 어디로 가야 하는지, 트램을 타기 위해 어떻게 해야 하는지, 트램을 타고 가다가 어디에서 내려야 하는지를 아주 잘 알고 있었다. 그에 반해 나는 이 사람을 만나지 않았으면 어땠을까 하는 생각이 들 정도로 아무 대책이 없었다. 그도 그런 점을 신기하게 여겼다.

"원래 이렇게 여행하세요?"

그러게 말이다. 매번 이렇게 하다 보니 불편한 줄도 모르고 있었네. 우리는 서로의 사진을 찍어줬다. 그가 나를 너무 열심히 찍어줘서 살짝 미안한 마음이 들 정도였다. 그 역시 사진 찍는 걸 좋아하기도 하고, 오는 길에 내가 사진을 찍는 것을 봤기 때문에 더 잘 찍어주고 싶었다고 했다. 정말이지 최선을 다하는 모습이었다. 감동을 했다. 우리는 서로를 찍어주기도 했지만, 눈에 보이는 풍경을 찍기도 했다. 여름의 하코다테는 참 아기자기하고 예뻤다. 그에게 내 카메라 중 하나를 빌려줬다. 마음껏 찍어요. 서울에 가서 메일로 찍은 사진을 보내줄게요. 내가 착각한 것이 아니라면 그가 더 신나 보였다. 서로의 사진을 백 장 혹은 이백 장쯤 찍었다. 같이 케이블카를 탔고, 연애 얘기를 나누고, 인생에 관한 대화도 했다. 밤이 오지 않을 것 같던 작은 도시가 어두워졌다. 함께 저녁을 먹으며 오늘 정말 정말 재밌었다고 말했다. 서울에서 만나자며 서로의 전화번호도 저장했다. 그는 거기에서 하루

머물겠다고 했다. 나는 다시 삿포로 시내로 돌아오는 기차를 탔다. 여행을 떠나기 전 나는 꽤 외로웠던 것 같다. 낯선 곳에서 만난 친구가 그토록 반가웠던 것을 보면.

우린 어느 날 '나도 모르게' 여행을 시작했고

아직 그 여행이 끝나지 않은 게 아닐까.

웰컴 투 오스트레일리아

2008년 12월 겨울, 호주에 가기 위해 짐을 정리했다. 오랫동안 집을 비우는 것은 입대할 때를 제외하면 처음이라 서울의 나를 상자에 차곡차곡 담아서 봉인하듯 짐을 정리했다. 이민이라도 가는 듯한 느낌이 들어 마음이 조금 쓸쓸해졌다. 처음 떠나는 여행, 긴 여정을 위한 목적지는 한국과는 반대의 계절을 가진, 캥거루와 코알라의 나라였다. 캥거루와 코알라도 멋있지만, 사실은 다른 동물에 더 관심이 많았다. 바로 오리너구리였다. 어렸을 때부터 동물을 좋아했기 때문에 동물이 나오는 프로그램을 꼭 챙겨봤는데 언젠가 '오리너구리'에 관한 내용을 본 이후로 푹 빠져버렸다. 오리너구리는 오리의 부리와 발 갈퀴를 가진 너구리처럼 생긴 동물이다. 멋지게도 물에서도 물 밖에서도 자유롭게 살 수 있다. 게다가 포유류임에도 불구하고 알을 낳는 굉장히 신비한 동물이다. 마침 오리너구리도 호주 출신이었기 때문에 가기 전부터 굉장히 기대를 많이 했다. 스무 시간에 가까운 긴 비행을 마치고 브리즈번 공항에 도착했다.

세관 직원이 내게 호주에 온 목적을 물어봤는데 (보통 여행이나 비즈니스, 뭐 그런 대답을 한다) '오리너구리'를 보러 왔다고 말했더니 '호주에 잘 왔어(Welcome to Australia)'라고 재치 있게 답을 했다.

도착하고 공항을 나설 때 느꼈던 호주의 숨 막힐 듯한 건조함을 아직도 잊지 못할 것 같다.

문화 충격

여름옷과 신발 등을 사려고 브리즈번 시내로 갔다. 몇 가지 물품을 산 뒤 담배를 피우고 있었는데 젊은 백인 여성 둘이 다가오더니 담배를 나눠줄 수 있는지 물었다.

한국에서 가져간 담배가 꽤 많이 있었기 때문에(지금은 담배를 피우지 않는다) 망설임 없이 나눠줬고 그중 한 명이 상의를 올려서 (속옷까지 올린 것인지 속옷을 입고 있지 않았던 것인지는 당황해서 판단할 수 없었다) 가슴을 내 쪽으로 보이며 고맙다고 했다. 지금까지의 일이 모두 다 꿈일지도 모른다는 생각을 잠깐 하다가 정신을 차리고 친구에게 연락했다.

'담배를 조금 보내줄 수 있어?'

하지만 이후로 그 비슷한 상황도 생긴 적이 없다.

느리게 살기

스물아홉 살의 나는 호주 브리즈번에 있었다. 비슷한 나이의 다른 사람들이 일찍부터 사회생활을 시작하는 것과는 다르게 번 듯한 직장에 다니는 것도 아니었고 다니던 대학원의 마지막 학기를 남겨두고 휴학을 한, 여전히 진로를 고민하는, 대책 없는 잉여 인간이었다. 남들보다 조금 늦게 출발한 지각생이었고 방황하는 젊은이였다.

그런데도 호주로 떠날 수 있었던 이유는 불확실한 미래를 불안해하고 걱정하기보다 그래 지금 아니라고 나중에도 아니겠어? 언젠가는 뭐라도 되겠지 하고 생각하려고 노력했기 때문이다. 게다가 아직 아무것도 이루지 못했기 때문에 포기할 것이 없었다.

하지만 한국에서는 아무리 긍정적으로 생각하며 여유롭게 지내려고 해도 내 주변의 여러 가지 상황이 주기적으로 울리는 알람처럼 나를 조급하게 만들었고 그때마다 비겁하게도 환경을 탓

하거나 잠시 모르는 척할 뿐 큰 노력은 하지 않았다. 그래서인지 한국에 있는 동안 나는 내가 다른 나라의 시간으로 살아가는 사람처럼 여겨졌다. 다른 사람과는 다른 속도로 살아가는 것 같았다.

그에 비해 호주는 너무도 느긋해서 답답할 정도로 여유로웠다. 어쩌면 호주는 나만의 속도를 찾도록 도와준 첫 번째 여행지였을지도 모른다.

언젠가 버스를 타고 시내를 여행하던 날이었다. 날씨가 좋아서 창문을 통해 풍경을 바라보며 여유롭게 있었는데 갑자기 버스가 멈추고 버스 운전사가 뒤돌아보며 '날씨가 좋네. 나는 이제 집에 갈 거야. 너희들도 좋은 하루 보내'라고 말하며 손을 흔들었다. 내 듣기 실력을 의심하며 주변 사람의 표정을 살펴봤는데, 실제로 듣는 것보다 효과가 좋다, 의외로 제대로 들었던 것인지 좌석을 꽉 채운 승객 모두 그에게 손을 흔들고 있었다.

승객을 두고 버스 기사가 퇴근하다니. 있을 수 없는 일이라고 생각했는데 실제로 눈앞에서 벌어지고 있다. 대체 이 사람들은 어떤 생각을 하며 사는 걸까. 몇 분 정도 기다리자 조그만 차가 버스 옆으로 다가왔다. 거기서 내린 새로운 운전기사는 반갑게 손을 흔들며 인사를 했다. 그리고 버스는 다시 출발했다.

개개인의 시간은 모두 소중하다.

그 누구도 말하지 않았지만, 이 문장이 내 머릿속에 둥둥 떠다녔다.

'날씨가 좋네. 나는 이제 집에 갈 거야. 너희들도 좋은 하루 보내.'

거짓말 같은 기억

　호주에서는 일 년 중 육 개월 정도는 영어학원에 다녔고 나머지 기간은 자유롭게 여행했다. 지낸 지 육 개월이 지난 이후에도 호주는 여전히 낯선 곳이었고 매일매일이 새로웠다. 덕분에 동네를 걸어도 여행을 하는 느낌이었고 조금 익숙해지면 이웃 동네를 여행하거나 옆 동네로 이사했다. 가끔 다른 주로 떠나기도 했다.

　당시 가장 큰 관심사는 미술관, 커피, 산책, 그림, 사진이었다. 하루를 꽉 채워 산책하거나 미술관을 구경했고 걷기 힘들어지면 카페에 들어가 풍경이나 카페에 있는 다른 사람을 보고 그림을 그리며 쉬곤 했다. 중간중간 사진도 열심히 찍었다.

　어느 날 카페에 앉아서 여느 때처럼 그림을 그리고 있는데 맞은편에 앉은 사람과 눈이 마주쳤다. '나를 그리고 있어?'라는 몸짓에 나는 고개를 끄덕였다. 조금 후 내 옆자리로 온 그는 작은 갤러리를 운영하는 사람이라고 자신을 소개했다.

그 인연으로 나는 그동안 그렸던 작은 그림들을 전시하게 됐다. 지금 보면 거짓말 같은 기억이다.

색안경

　브리즈번은 굉장히 따뜻한 도시다. 겨울을 뺀 나머지 계절은 우리나라 여름과 비슷했고 겨울도 우리나라 초가을 정도와 비슷했다. 덕분에 옷을 많이 갖고 있을 필요가 없었다. 한정된 옷을 나름의 규칙을 세워서 입기 시작했다.

　일종의 '깔맞춤' 공식이었는데 아침에 뭘 입을지 고민하는 수고를 덜게 했다. 빨간 티셔츠를 입는 날 빨간 컨버스를 신고, 초록색 티셔츠를 입을 땐 초록색 컨버스를, 흰 티셔츠를 입을 땐 흰색 컨버스를, 까만색 티엔 당연히 까만색 컨버스를 신는 간단한 공식을 만들었다(컨버스가 처음엔 두 개였다가 점점 늘어났다).

　시간이 지날수록 조금씩 아이템이 많아지자 할 수 있는 조합도 늘어나서 다채롭게 입을 수 있었다. 빨간 티셔츠와 핑크 양말에 빨간 컨버스를 신거나 초록색 모자와 흰색 티에 초록색 양말을 신는다거나 하는 방식이었다. 양말은 보이는 일이 거의 없지

만 보여주기 위해 입는다기보단 자기만족에 가까웠다. 나중엔 속
옷도 비교적 그 규칙에 맞게 입었다.

어느 날 친구네 집에서 저녁을 먹으며 술을 마시고 있었다(그
날은 핑크로 코디를 했던 날이었다). 신발을 벗고 식탁에 앉아서
애기하고 있었기 때문에 내 양말을 본 친구 하나가 "너 티셔츠와
양말을 깔맞춤했구나"라고 알아봤다. "응 맞아. 속옷 색깔도 가끔
맞추는걸"이라고 대답했더니, 거기에 있던 모든 사람이 놀라는 표
정을 지었고 조금 후에 한 친구가 조심스럽게 물었다.

"너 게이야?"

나는 마시던 맥주를 쏟았고 곧바로 여자를 좋아한다고 큰 소
리로 말했다. 그들은 그날 이후 내가 게이가 아니라는 사실을 알
게 됐다.

시드니

캔버라 대신 시드니를 호주의 수도로 잘못 알고 있었는데, 공항에서 같은 주제로 내기를 하는 무리의 대화를 듣고 놀랐던 기억이 난다. 늘 그렇듯 여행할 때 자세한 정보를 모으지 않고 느낌에 맡겨서 여행지를 선택하고 숙소를 찾는 등의 무책임한 여행 습관 때문이겠지만. 굉장히 헷갈리게도 시드니가 너무 유명한 탓이야! 아무튼, 이런 여행 습관을 갖게 된 것은 어느 순간부터 내가 모은 정보가 나를 가두게 된다는 생각 때문이었다.

스포일러를 미리 읽고 가서 보는 영화처럼 미리 알고 하는 여행은 재미없다고 생각했다. 부딪혀 느끼는 경험이 좋았고 무방비 상태로 전달되는 감동이 좋았다. 그런 이유로 여행을 할 때마다 길을 헤매거나 고생 아닌 고생을 하곤 했는데 정보가 충분했다고 해도 어차피 할 고생이었으므로 스스로를 원망하지는 않았다.

시드니를 여행하는 동안 오페라하우스를 보기 위해 그 주변을 세 번이나 방문했다. 처음에는 밤에 잠깐 들렀는데 비가 많이 내렸다. 반짝반짝 빛나는 강과 오페라하우스가 무척 아름다웠고 맑은 낮에 다시 와야지 하고 눈으로 담고 돌아갔다. 다음 날 낮에 갔지만, 여전히 비가 내렸다 그치기를 반복했다. 오페라하우스를 바로 옆에서 볼 수 있도록 배를 타고 강을 한 바퀴 돌았는데 이때 비가 그쳤지만, 안개가 많이 꼈다. 왠지 오기가 생겨서 다음 날 또 보러 갔다.

다행히 비가 오지 않았는데 덕분에 나는 맑은 날, 흐린 날, 비 오는 날의 오페라하우스를 모두 경험한 셈이 됐다.

변덕스러운 날씨

아무래도 나는 정말 아무 대책이 없는 사람인가보다. 아무 정보 없이 도착한 멜버른엔 소나기가 내리고 있었다. 내 영어 선생님이자 호주 사람인 친구가 멜버른으로 여행을 간다고 했고 아주 좋은 곳이라는 애길 내게 수차례 했기 때문에 친구의 여행에 동행했다.

멜버른은 브리즈번과 달리 일교차가 있는 편이었고 변화무쌍한 날씨로 유명했다. 화창했다가 갑자기 소나기가 내리거나 하는 일이 많았는데 나는 이런 것도 모르고 왔기 때문에 당연하게도 비를 쫄딱 맞았다. 이런 성향 때문에 늘 여행지에서 남들보다 조금 더 고생을 해왔다. 긍정적으로 생각하면 그래서 더 오래 기억할 만한 사건을 더 많이 경험했다.

멜버른으로 출발하기 전날 친구는 멜버른은 추우니까 두툼한 점퍼를 챙기라고 알려줬다. 얼마나 추운지 묻자 "엄청 추워, 아마

팔 도 정도 될 거야"라고 대답했고 나는 "팔 도가 춥다니!? 너 몰라? 나는 한국에서 왔다고. 한국의 겨울은 마이너스 팔 도, 아니 마이너스 십 도쯤이려나." 쓸데없는 자부심 아닌가. 대체 왜 저런 게 자랑스러웠던 걸까. 내 자부심과는 반대로 멜버른에서의 첫째 날 감기몸살에 걸리고 만다. 예정된 결과였겠지. 달달 떨던 나를 위해 감기약을 사다 준 친구야, 정말 고마워.

멜버른 날씨는 너무나 변덕스러워서 맑았다 흐렸다, 더웠다 추웠다를 반복했다. 마치 하루 안에 사계절을 몽땅 모은 느낌이었다. 덕분에 나는 옷을 입었다 벗었다, 우산을 폈다 접었다 했다. 마치 이방인을 맞아 북적대는 사람들의 환영인사 같다는 생각도 했다. 그도 그럴 것이 둘째 날부터는 대체로 맑았기 때문이다. 아무튼, 이 변덕스러운 날씨에도 불구하고 나는 멜버른에 푹 빠져버렸다. 멜버른은 멜버른다웠다. 낡은 것과 새로운 것이 너무나도 멋지게 어우러져 있었다. 평소엔 잘 모르고, 관심도 없던 건축이나 인테리어에 흥미가 생길 정도였다.

첫째 날부터 밤새 앓던 나는 이 여행을 호텔 방에서만 머물렀던 것으로 만들고 싶지 않아 감기약을 먹고 기운을 내서 돌아다녔다. 여행은 사람에게 무한한 체력과 부지런함을 제공하지 않는가. 감기약이 잘 들은 건지 정신력으로 버틴 건지 반나절 만에 회복한 후, 친구와 해변을 걷다가 비를 피하려고 들어갔던 세탁소를 잊지 못한다. 너무 예뻐서 감기 기운에 골골대면서도 열심히 사진을 찍었다. 하지만 그게 어디에 있는 곳인지 기억하지는 못했다.

감기몸살과 짧은 일정으로 멜버른 여행을 충분히 즐기지 못해 언젠가 다시 오고 싶다고 생각했다. 멜버른에서 마셨던 플랫화이트 커피 맛이 몇 년 동안 머릿속에 강하게 남아 있었다. 커피의 맛도 잘 모르던 내게 그때의 여운이 얼마나 강렬했는지 한국에 돌아와서 마시던 모든 커피를 그 맛과 비교하곤 했었다. 어쩌면 그 커피의 맛이 나를 다시 멜버른으로 불렀는지도 모른다.

팔 년이 흐른 뒤 나는 같은 세탁소를 우연히 발견하고 사진을 찍었다. 기억해서, 기록해서 다행이다.

너무 예뻐서 열심히 사진을 찍었다.

하지만 그게 어디에 있는 곳인지 기억하지는 못했다.

팔 년이 지난 뒤 같은 곳을 발견했다. 기억해서, 기록해서 다행이다.

뉴욕현대미술관에 내 책을?

처음엔 그냥 사진이 좋아서 주변을 찍기 시작했다. 접는 형태의 휴대전화에 달린 카메라로 처음 시작한 나만의 예술 활동은 몇 년 후에 본격적으로 사진기를 통해 날개를 달았다. 하지만 딱히 날개를 사용하지는 않았다, 아니 사용하는 법을 몰랐다고 해야 맞겠다. 사진을 찍기만 할 뿐 찍은 뒤에 어떻게 할지를 잘 몰랐다. 내가 찍은 사진을 내가 보며 자기만족을 할 뿐이었다.

그렇다 보니 전시는 어떻게 하는지, 책은 어떻게 내는지에 관한 지식이 있었을 리 없다. 가끔 지인들이 사진집을 내봐, 전시를 해라는 말을 했지만 나와는 먼 얘기라고 생각했다. 그저 묵묵히 내 일상을 내 시선으로 기록할 뿐이었다.

시간이 지나고 많지는 않지만 내 작업에서 좋은 에너지를 받는다는 사람이 생겨났다. 꾸준히 사진을 찍자 내 사진을 보고 서울행 비행기 표를 샀다는 외국인도, 그리운 서울을 보여줘서 고맙다는 인사를 하는 외국에 사는 한국인도 생겼다.

봐봐. 서울이 이렇게 예쁘다니까. 내 시선이 이렇게 특별하다니까.

더는 나 혼자만의 작업이 아니었다. 집에서, 회사에서 늘 '틀리고 잘못됐던' 나는 여기에선 좋은 시선을 가진 작가가 될 수 있었다. 그들의 응원이 나를 움직이게 했다. 결국, 할 수 없을 것이라고 여기던 일들을 저지르게 됐다.

마음먹기가 어렵지 사실 하려고 하면 못할 일이 없다. 회사를 그만두고 책 만드는 준비를 했다. 몇 달 후 사진집『서울스냅』을 출간했다. 전시를 열고 사람을 만났다.

조금씩 욕심이 자라났다. 내가 만든 책이 서점과 미술관에도 있으면 좋겠다고 생각했다. 방법을 몰랐을 뿐 막상 알아보니 별로 어려운 일은 아니었다. 전화하고 찾아가고 물어보고 그대로 실행했다. 큰 서점과 몇몇 미술관에도 내 책이 진열됐다. 그리 오래 걸리지는 않았다. 그러다 갑자기 그런 생각이 들었다. 해외의 미술관이나 책방에도 내 책이 있다면 얼마나 좋을까. 외국의 미술관과 책방에서 파리, 런던, 뉴욕 같은 도시의 사진집은 수도 없이 봤지만, 서울 사진집은 본 적이 없다는 생각이 들었다. 그게 내 책이 되면 좋겠다. 내가 만든 서울 사진집이 해외의 유명한 미술관과 서점에 진열돼 있다면 얼마나 좋을까. 외국인들이 내 책으로 서울의 아름다움을 느낄 수 있다면 얼마나 기쁠까.

국립현대미술관에『서울스냅』이 전시된 것처럼 언젠가는 해외 미술관에『서울스냅』이 꽂혀 있길 바란다. 교보문고의 예술 코너에서 『서울스냅』을 발견할 수 있듯 외국의 예술 서점에서 내 책을 쉽게 만날 수 있었으면 하고 바란다. 꿈이 생겼다. 없었던 목표가 선명해졌다. 아직은 꿈을 이루지 못했다.

　이 글은 지금부터가 시작이다. 몇 년 전 나는 꽤 오랫동안 연애를 했다. 그녀는 내가 책을 만들 마음을 가졌던 때부터 활동을 잠깐 중단하고 다시 회사에 돌아가기까지, 갈팡질팡 방황하며 이런저런 고민을 하는 내 옆을 지켰다. 취미로 사진 찍던 회사원이 사진가가 되는 과정을 바로 옆에서 목격했다. 지금 와서 하는 말이지만 그녀가 없었다면 나는 사진가가 되지 못했을지도 모른다. 아무튼, 우리는 조금은 늦은 진로 고민을 하고 있었고 그 고민을 쉽게 끝내지 못했다. 언젠가 우리가 각자의 고민에 둘러싸여 서로에게 조금 소원해졌을 때였다. 그녀가 뉴욕에 한 달 정도 다녀오겠다고 했다. 그전부터 조금씩, 그 기간 동안 조금 더 사이가 멀어졌다. 그런데도 그녀가 여행에서 돌아왔을 때 내게 아주 큰 선물을 줬는데, 뉴욕현대미술관에서 사 온 벽걸이 시계와 내게 보여준 어떤 영상이었다. 영상을 보자마자 나는 울음을 터뜨리고 말았다. 영상 속에서 그녀는 내 사진집을 들고 뉴욕현대미술관 아트숍을 돌아다니고 있었다. 사진집이 모여 있는 코너에 내 책인 『서울스냅』을 꽂아두고 돌아섰다. 그 이후에 책이 버려졌는지 누군가의 손을 통해 옮겨졌는지는 모른다. 며칠이었을까. 아니면 몇 시간이었을까. 그녀는 내 책을 뉴욕현대미술관에 진열해줬다. 그 모습이 얼마나 예뻐 보였는지 표현할 문장이 떠오르지 않는다 (뭐라고 표현해야 할지 모르겠다).

그녀는 진심으로 나를 응원했을 것이다.
그리고 내가 성공하길 바랐을 것이다.

고맙고, 감사했어요.

나는 서울 사람입니다

　서울에서 태어나고 자란 내게 서울은 평범함이었다. 새로울 것 없는 일상이었고. 가끔은 벗어나고 싶은 지루함이었다. 카메라를 들고 처음 서울을 찍기 시작할 무렵 서울을 찍는 이유는 정말 단순히 내가 여기에 살고 있었기 때문이었을지도 모른다.

　그로부터 얼마 후 호주에서 일 년 정도 머물게 됐고 난생처음 보는 이국적 풍경에 홀린 듯 매일같이 사진을 찍었다. 호주에서 머무는 동안 매일 몇백 장 정도의 사진을 찍었다. 눈에 보이는 모든 것이 신기했고 새로웠다.

　호주에서 서울로 돌아왔다. 많은 게 바뀌어 있었고 서울이 낯설었다. 지루하기만 했던 곳이 조금은 특별하게 보였다. 그렇게 조금씩 일상으로 복귀했다.

　몇 년을 서울에서 아무 일 없이 지내다가 일본으로 여행을 떠났다. 호주를 처음 만났을 때처럼 일본을 만난 것도 새롭고 신기해서 열심히 걷고 열심히 찍었다. 얼마나 걸었냐면 발이 부어서 신발을 신을 수 없을 정도였다. 마지막 이틀은 슬리퍼를 사서 신고 다녔다. 얼굴도 부어서 모자를 쓰고 다녔다. 발이 붓고 다리가 아파도 이렇게 사진을 찍을 수 있는 것이 행복했다. 새로이 마주하는 것이 나를 즐겁게 했다.

여행을 끝내고 집에 돌아온 날. 짐을 풀지 않고 다시 밖으로 나갔다. 이 즐거움을 끝내고 싶지 않았다. 조금 더 여행해볼까? 서울을 여행하면 어떨까?

어쩌면 아름다움은 어디에나 있다. 마음을 움직이게 하는 것, 설렘을 주는 것, 미소 짓게 하는 것은 대부분 우리 주변에 있다. 우연히 바라본 하늘, 적당한 시간에 들어오는 햇살, 늘 거닐던 골목에서 마주친 고양이처럼, 평범함 속에는 반쯤 숨어서 발견해주길 기다리는 예쁨이 가득하다.

본격적으로 서울을 여행하기 시작했다. 여행자의 마음으로, 여행자의 눈으로 서울을 바라봤다. 그곳엔 어느 도시보다 아름다운 서울이 있었다.

인생은
좋아하는 음악을,
좋아하는 영화를,
좋아하는 옷을,
좋아하는 음식을,
좋아하는 공간을,
그리고
좋아하는 사람을 찾는 여행이다.

Part 5.

취향은 늘 변덕을 부린다

봄

말하자면 봄은 그런 것이다.
아침마다 열어본 서랍은 늘 비어 있었는데
오늘 아침 문득 열어보니 초록색 봉투 안에 따뜻한 편지가 들어
있는 것.

나는 그런 게 좋다

평범한 듯한 아름다움.
지루한 듯한 유쾌함.
냉정과 열정 사이.
낮과 밤의 경계.

갈증을 호소하며 벌컥벌컥 들이켠 냉수의 뒷맛에
레몬 향이 살짝 느껴진다거나 하는 그런 것.

아이러니

　너무 바쁘다. 여유롭게 쉬고 싶다. 이왕이면 예쁜 카페에서 휴식을 취하면 좋겠다. 열심히 가고 싶은 카페를 찾아본다. 여러 가지로 적합한 곳을 찾았다. 내 마음에도 드는 곳이니 당연히 다른 사람에게도 인기가 많을 것이다. 햇볕이 잘 드는 창가 자리에 앉아 느긋한 시간을 보내려면 누구보다 먼저 도착해야 한다. 날짜를 정했다. 전날부터 알람을 맞춰두고 일찍부터 일어나 부지런히 움직인다. 카페에 도착했다. 다행이다. 원하는 자리에 앉을 수 있다. 이제 나는 여유로울 수 있다. 그런데 이상하다. 왜 이렇게 바쁜 것일까.

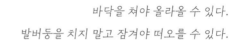

바닥을 쳐야 올라올 수 있다.
발버둥을 치지 말고 잠겨야 떠오를 수 있다.

냉정과 열정

　따뜻한 햇볕이 피부에 닿는가 싶더니 이내 반사돼 멀어진다. 곧 다음 햇살이 도착한다. 햇살이 주기적으로 따스함을 배달하는 틈새로 따스함을 질투라도 하듯 찬바람을 타고 차가워진 온도가 느껴진다.

　온도의 불규칙한 리듬에 현기증이 날 지경이다. 이쯤 되면 차가운 공기마저도 사랑스럽다. 흡사 몸을 냉탕과 온탕에 반반씩 넣은 기분이다.

　따뜻한 커피와 얼음물을 함께 주문해서 번갈아 마신다거나 따뜻한 물로 씻고 나오자마자 시원한 선풍기 바람을 맞거나, 자동차의 좌석에 히터를 켜고 창문을 열고 달리거나 하는 식으로 평소에도 이런 애매한 중간을 즐긴다. 차가움과 뜨거움이 공존하는 적당한 상태.

우유부단

세상이 변하듯 나도 변한다는 걸 알게 된 후 어떤 것에 대해 쉽게 정의하지 못하게 됐다. 말이 없는 것은 생각이 없다는 뜻이 아니라 아직도 생각하고 있다는 뜻이다.

그러니까 조금 뒤에 다시 와주시겠어요?
아직 메뉴를 고르지 못했어요.

어떤 옷

일 년에 한 번 혹은 두 번 정도 입는 파란 니트가 있는데 굉장히 마음에 드는 날이 있다가도 영영 입고 싶지 않을 만큼 별로인 날도 있다. 옷이 변할 리 없을 테고 왔다 갔다 반복하는 건 결국 변덕스러운 내 마음이겠지. 어떤 옷에는 그 옷을 입고 있을 때 경험했던 사건이나 감정이 스며들기도 한다. 이 옷에 좋은 감정을 심어줄 만한 일을 만들어야겠다.

내 마음을 들었다 놨다
마우스를 들었다 놨다.

시그니처의 조건

　자주 가는 카페 입구 한쪽 면에는 책을 탑처럼 쌓아놓은 형태의 큰 그림 액자가 있다. 처음엔 신기하고 예뻐서 한참 바라봤지만, 나중엔 있는지 없는지 별로 의식하지 않게 됐다. 시간이 꽤 흘러 어느 날 다시 찾은 카페에서 액자의 존재를 다시 깨닫고 생각했다. 그림을 바꿀 때도 되지 않았나. 이후로도 몇 번 정도 같은 생각을 했다.

　몇 년이 지나고 오랜만에 다시 카페를 찾았다. 액자는 그대로였다. 이상하게도 오랜 친구를 만나듯 무척 반가웠다. 만약 그림이 바뀌었다면 모두에게 새로운 느낌을 줬을 것이다. 하지만 그걸 참고(아마도 참았다고 생각하고 싶다) 견디면 오랜 친구 같은 편안함을 준다.

　누구나 그 카페를 생각하면 그 그림을 가장 먼저 떠올리겠지.

선호(favorite)

　내게 제일 맛있는 커피를 내주는 카페는 대회에서 일등을 한 바리스타가 있는 카페가 아니다. 내 머리를 가장 잘 잘라주는 미용실은 유명 디자이너가 일하는 미용실이 아니다. 오랫동안 다니며 많은 얘기를 나눈 카페의 바리스타는 내가 어떤 원두를 좋아하고 어느 정도의 산미에 반응하는지, 아이스커피를 마실 때 얼음과 물의 양은 얼마큼이 적당한지를 잘 알고 있다. 비가 오면 라테를 주문하고, 눈이 오면 카푸치노를 주문하는 것도 이미 알고 있다. 몇 년 동안 내 머리를 잘라주고 감겨준 디자이너는 누구보다 내 두상의 모양이 어떤지, 어떤 방향으로 머리를 넘기는 게 잘 어울리는지, 얼마나 자주 머리를 잘라야 하는지, 평소보다 머리가 상했는지 아닌지도 잘 알고 있다. 내겐 내가 자주 가는 카페의 바리스타가 세계 일등 바리스타고 단골 미용실의 디자이너가 그 누구보다 실력 좋은 디자이너다.

아무렴 어때

　어떤 것에 대해선 좋아하는 이유를 분명하게 말할 수 있지만, 또 어떤 것은 왜 좋아하는지조차 모르기도 한다. 이유 없이 사랑에 빠진 것처럼. 모든 것에는 이유가 있지 않은가? 그런데도 살다 보면 이유를 알 수 없는 경우가 꽤 생겨난다.

　아직 발견하지 못했지만 언젠가 알게 될 거라고 미뤄봐도 처음부터 몰랐던 것을 나중에 찾을 리 없다. 찾는다고 해도 억지로 끼워 맞추는 게 되겠지. 뭐, 한두 개쯤 크게 상관있겠냐는 생각으로 모아둔 예외들이 조금씩 생겨나더니 이제는 너무 많아져 버렸다.

　내가 이렇게 취향이 불분명한 사람인가……. 게다가 이런 문제를 심각하게 고민하며 친구들에게 털어놓을 때면 그들은 팔짱을 끼고 우린 알 것 같은데라고 말하기도 한다.

　어쩌면 처음부터 이유 따위 없었는지 모른다. 사랑의 큐피드는 아마도 나와 같은 고민을 하던 사람들이 어디에서도 이유를 발견하지 못해서 만들어낸 존재가 아닐까.

그래 맞아. 세상엔 설명할 수 있는 일도 많잖아. 그나저나 이게 뭐라고 이렇게 고민을 하고 있나. 그냥, 좋은 거지라고 생각하면 어떨까.

별일 아닌 것처럼 느껴졌던 작은 사건이 때때로 희미한 듯
여러 번 스쳐 지나가 선명한 원을 그리기도 한다.

압구정

    동네마다 어떤 분위기가 있다. 내게 압구정은 모델이나 연예인들만 갈 수 있는 곳이었다. 그래서 실제로 친구들과 모이는 장소가 그 동네로 정해지면 이 옷 저 옷을 입어보고 고민하다가 참석하지 않았다. 다른 세계처럼 대단해 보였고 멋있는 사람들만 가야 하는 곳이라고 생각했다. 지금 생각해보면 스스로 자신이 없었던 것 같다. 나는 압구정에 가기엔 너무 멋없는 사람이니까 라고 생각했다. 예전엔 텔레비전이나 영화, 잡지에서도 그렇게 묘사됐기에 감히 그곳에 갔다가는 부끄러운 일이 생길 것만 같았다. 이제는 그것도 다 지난 일이다. 지금의 나는 압구정에 갈 수 있다. 친구와 카페에 앉아서, 예전엔 말야 내가 멋이 없어서 압구정에 오지도 못했다는 얘기를 하며 메뉴판을 봤다. 커피가 구천 원이었다. 멋이 아니라 돈이 없어서 못 왔던 거였구나.

순발력

아이폰이 침대 커버와 함께 세탁기에 들어가 있다는 사실을 눈치챈 것은 세탁기가 작동한 지 오 분 정도가 지났을 때였다. 하지만 나는 조금도 당황하거나 지체하지 않았다.

빛의 속도로 달려가 정지 버튼을 누르고 물속을 헤집었다.

뒷주머니에서 전화벨이 울렸지만, 전화를 받을 정도로 나는 한가하지 않았다.

날씨 탓

계절을 타니 감상적이니 하는 것이 이상할 수도 있지만, 급작스레 변하는 날씨에 감정의 시소는 부지런히 움직인다. 날씨가 맑다고 인생이 맑은 게 아니고 비가 온다고 일상이 통째로 변하지는 않겠지만 그렇다고 아무 영향도 받지 않는다면 그것 또한 이상하다.

비가 온다. 중력이 빗물을 끌어당기듯 나도 가라앉는다. 가라앉을 땐 가만히 가라앉자. 떠오르려고 발버둥을 칠 필요는 없다. 몇 년 전 충동적으로 사두고 신발장에 들어가지 않아 구석 자리를 차지하고 있는 장화를 꺼내 신는 날, 평소엔 먹지 않던 따뜻한 라테를 주문해 마시는 날, 퇴근하고 침대에 누워 읽다 멈춘 책을 펼치거나 아껴뒀던 영화를 보는 날, 음악 대신 창문을 열고 빗소리를 듣는 날, 길 위에 고인 빗물 위로 하늘이 떠 있는 날, 머리가 자동으로 보글거리는 날 정도로 생각하면 그것도 재밌는 이벤트일지 모른다. 언젠가 사귀던 사람과 비가 오면 햄버거를 먹자고 약속했던 적도 있다.

　조금쯤 가라앉아도 괜찮다.
　날씨 때문이야.

박자

오전의 리듬은 내겐 너무 빠르다.
시끄러운 음악에 눈을 뜨고
박자에 맞춰 춤을 추기엔
나는 너무 느긋하다.

하루가 다음 날로 바뀔 무렵
느긋하게 침대와 하는 포옹이 좋다.

조금 늦게 만났으니
이별도 늦으면 좋겠다.

매일 아침, 내 팔을 잡고 놓지 않는 오리털 이불과 뭉그적대는 이별이 간질간질한 연애처럼 즐겁다.

단숨에 너를 박차고 떠날 수 없어.
아무래도 나는 마음이 약한가 보다.

하나뿐이라 더 쉽게 닳고
더 쉽게 낡겠지만
그래서 더 소중하고 아끼게 되겠지.

미워도 다시 한번

살면서 마주치는 어떤 것들은 적은 확률로 앞으로의 인생에 오랫동안 영향을 끼칠 것 같다는 느낌을 주기도 한다. 조금 웃긴 애기지만, 나는 안국에 있던 디자인 매장 밀리미터밀리그람(mmmg)을 정말 좋아했다. 어느 날 갑자기 가게가 사라지고 그 자리에 빵집이 들어왔다. 좋아하던 장소를 하나 잃었다는 생각에 배신감도 들었고 뭐라고 표현하기 어려운 불편함을 느꼈다. 내가 좋아하던 곳을 밀어냈다는 이유로 그 빵집을 미워했다.

그러다 그냥 미워하는 것은 하수가 하는 일이라는 생각이 들었다. 내가 직접 들어가서 보고 문제점을 파악한 뒤에 구체적으로 미워하겠어라고 다짐하고, 카우보이가 비장한 표정으로 등장하듯 가게의 문을 열고 들어갔다. 하지만 그날 이후로 이 빵집을 좋아하게 됐다.

용돈

코트 주머니에 지폐 한두 장쯤을 넣어둔다.
다음 겨울의 내게 용돈을 주는 방법이다.
옥수수나 와플을 사서 먹으면 딱 좋다.
가끔 어묵을 사기도 한다.

보호색

좋아하는 카키색 재킷을 입었다.
점심을 먹으러 가는데
내 가슴에 연두색 옷핀이 붙어 있는 게 눈에 들어왔다.
(정확히 말하면 행커치프를 꽂는 부분에)

어라 이거 뭐지?
아악!!
애벌레였네.

놀라서 털어버리고는
쭈그려 앉아 자세히 들여다보니
왠지 예쁘게 생겼다.
나를 나무라고 생각한 걸까?

등가교환

　소비로 마음의 허전함을 채워선 안 되지만 계절이 바뀔 때마다 대체 작년엔 뭘 입던 건지 기억이 나질 않는다. 다행인지 불행인지 사진으로 남겨둔 탓에 뭘 입었는지에 관한 기록을 보고 옷을 찾아내기도 한다. 하얀 스니커즈 하나, 까만 스니커즈 하나, 베이지 싱글 코트 하나(는 교환), 네이비 맥코트(심플하면서도 비나 바람이 새어들지 않게 목까지 잠긴 깃에 숨은 버튼까지 있는 코트) 하나, 네이비 맨투맨 하나, 선물용 카드 지갑 하나를 샀더니 마음 대신 통장이 허전해졌다.

변하지 않는 것이 가장 아름다운 걸지도.
몇 년 후에 입어도 어색하지 않을 옷처럼.

시계

여러 가지 시계를 번갈아 차며 공평하게 애정을 나눠주는 사람이 있는가 하면 시계 한 개에만 사랑을 줄 수 있는 사람이 있다. 시계가 많다면 하나쯤 고장나도 크게 신경 쓰지 않을 테고 매일 다른 무게, 다른 디자인, 다른 촉감의 시계를 차는 즐거움이 있겠지. 시계 하나를 오래 차게 되면 마치 내 몸의 일부인 양 그 무게나 감촉이 익숙해져서 시계를 차지 않는 날이면 중요한 것을 두고 온 것처럼 허전해지곤 한다. 시계가 하나여서 더 쉽게 닳고 더 쉽게 낡겠지만 그래서 더 소중하고 아끼게 되겠지.

변덕

독일에 출장을 갔을 때 살까 말까 고민하던 브랜드의 가방이 있었다. 코스(Cos)라는 브랜드의 약간 복조리처럼 생긴 가방인데, 서울에서도 살 수 있으리라 생각하고 굳이 사지 않았다. 귀국해서 알아보니 서울에서는 살 수 없다는 것이다. 사람 마음이란 게 참 이상하지. 그때부터 안절부절 가방 사랑은 시작된다. 바쁜 와중에도 생각나고 자려고 누워도 떠올랐다. 거짓말을 조금 보태서 독일에 또 가야 하는가 하는 생각도 할 정도였다. 난생처음 직구를 위해 배송대행지도 찾고 여기저기 다니다가도 코스 매장이 보이면 들러서 찾아보거나 직원에게 물어보기도 했다. 안 들어올 수도 있어요. 어쩌면 그렇게도 내 마음에 비수를 꽂는단 말인가. 그래, 그래도 내 사랑은 변하지 않아. 그러던 어느 날, 한남동에서 볼일을 끝내고 여느 때처럼 매장에 들렀는데 맙소사, 그 가방이 있다. 너였구나. 잘 지냈니. 근데 참 이상하지. 그렇게 반가울 수가 없는데 또 한편으론 유학 가서 겨우 잊은 사람을 서울에서 마주친 느낌이랄까. 찝찝하고 불편하고. 하아, 왜 애가 여기에 있나 하는 생각도 들었다. 한참을 고민하다 결국, 그 가방은 사지 않았다. 친구가 갖고 싶어했잖아라고 묻기에, 가질 수 없을 때까진 그랬지라고 말하고 그 가방과 편히 이별할 수 있었다. 잘 가.

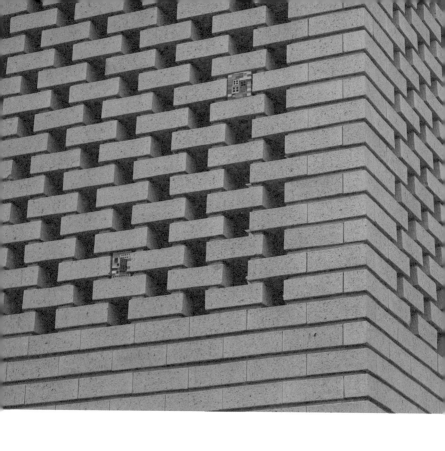

취향대로 살 수 있다는 것도
큰 행운이다.

내게 맞는 옷

　내게 맞는 옷이 있다. 어떤 옷은 너무 화려해 부담스럽고, 어떤 옷은 예쁘지만 불편해 자유롭지 못하다. 어떤 옷은 편한데도 손이 가질 않거나 어떤 옷은 내 몸에 상처를 낸다. 쉽게 더러워지거나(물론 이건 내 탓이기도 하다) 먼지가 잘 붙어 관리가 힘든 옷도 있다. 어떤 옷은 다른 사람에게 입히는 걸 즐기기도 한다.

　내게 맞는 옷이 있다. 오래 걸릴지도 모르지만 입지 않을 옷 몇 벌보다 꾸준히 입을 옷 한 벌이 더 좋다. 물론 옷도 그 편이 좋을 테지. 처음부터 어떤 옷이 어울릴지 알 수는 없다. 모든 일이 그렇듯 많은 옷을 입어봐야 한다. 하지만 내게 어떤 옷이 어울리는지, 찾고 있는 옷이 무엇인지 알았다면 다른 옷은 입어보지 말아야 한다.

　물론 그런 옷을 만났을 때 가장 예쁘게 입을 몸을 유지하는 것도 중요하다. 그래야 최고의 옷을 뒤로하고 돌아오는 일이 벌어지지 않는다.

두고두고

　중요한 것은 꼭 두고 온 다음에 알게 된다. 두고 왔기 때문에 중요해진 것인지 중요하기 때문에 자꾸 두고 오는 것인지 알 수는 없지만 대개 가장 중요한 것은 꼭 두고 온다. 혹시나 까먹을까봐 신발장 앞에도 놔보고 들고 나갈 가방 옆에도 놔봤지만, 그 상태로 잘 보관될 뿐 내 손에 들려서 나가는 일은 없다.

　그렇다. 나는 지금 왜 늦었냐는 친구의 말에 지갑을 두고 와서 다시 집에 다녀왔다고 변명을 하고 있다.

고민은 밖에서

인테리어를 고민하다 미술관에 왔다. 책상을 어디에 놓을지, 거실은 어떻게 꾸밀지 도면까지 그리며 집중할 때는 어느 것 하나 떠오르지 않다가 미술관에 오니 생각이 정리된다. 어쩌면 고민은 고민 밖으로 나왔을 때 해결되는지도 모르겠다.

중요한 것은 꼭 두고 온 다음에 알게 된다.

취향의 추억

예전에 맛있다며 들락거리던 카페의 커피 맛이
지금 내 입맛에 맞지 않는다고 느끼고 혼란스러웠다.
어제는 파인애플을 좋아했던 사람이
오늘은 다른 것을 좋아할지도 모른다.
취향은 변하기도 한다.
내가 어제 먹은 커피는 추억이었다.

다섯 명의 나

언젠가부터 변덕이 심해지는가 싶더니 어쩌 지금은 내 몸 안에 몇 명이 함께 사는 느낌이다. 하나였다가 둘로 늘어나더니 이제는 다섯 명쯤 됐다.

스스로 이렇게 느낄 정도니 주변 사람들은 얼마나 힘들었을지를 생각하면 무전취식하고 있는 이 넷을 어떻게 쫓아낼지 고민이다. 하지만 최근에 장점을 발견하고 잠정적으로 같이 지내기로 했다. 보통은 마주치거나 할 일 없는 그들을 한 번에 불러 모으는 일은 혼자서 해결하기 어려운 문제를 만났을 때다. 보통은 새벽에 그들을 한자리에 모으고 묻는다.

그러면 몇 초도 되지 않아 명쾌하게 바로 답이 나는 경우도 있고, 며칠 동안 밤낮을 가리지 않는 열띤 토론이 벌어지는 때도 있다. 나는 보통 토론에 참여하지 않는데 가만히 그 내용을 듣다 보면 자연스럽게 어떤 방향으로 결정이 되곤 한다.

오늘도 고민한다

몇 년 전 광고 회사에 다닐 때 존경하던 이사님이 퇴사하시며 우리 팀 막내에게 말씀하셨다. '나이 마흔이 넘어도 진로 고민을 한단다.' 이 문장이 내게 날아와 쿵 박혔다.

매일매일 우리는 고민한다. 무엇을 먹을지, 어떤 옷을 입을지, 지하철을 탈지 버스를 탈지, 그것도 아니면 걸어서 갈지, 집에서 나갈지 말지, 아니 그것보다 먼저 지금 일어날지 조금 더 잘지부터가 시작이겠지. 그게 싫다면 적당히 사는 것에 익숙해지면 된다. 아홉 시에서 여섯 시까지 어제도 혼났지만, 오늘도 혼나고 내일도 혼날 것이다. 누군가가 나를 혼내지 않으면 내가 누군가를 혼내야 한다.

고민 없이 살 것인가 매일을 고민하며 살 것인가 이것 역시도 고민이다.

엄마의 말

엄마가 입이 궁금하면 과일을 먹으라고 하셨는데 이 말이 너무 귀여워서 메모해두었다. 엄마는 가끔 이상한 말을 하시곤 했다. 언젠가 '짱'이라는 유행어를 배우셨는데 내게 칭찬을 해주고 싶으셨는지 "너 짱난다"라고 하셨다.

빨간 카디건

언젠가 입었던 빨간 카디건이 잘 있는지 확인하고 옷장 문을 닫는 것처럼 가슴속 따뜻한 기억을 꺼내보고 다시 문을 닫는다.

또 한 번 살아갈 기운이 생긴다.

그래서 순간을 기록합니다

내가 어떤 것을 사진으로 찍거나 글로 썼다면
나는 그것을 만난 것이다.
마치 하마터면 스쳐 지나갈 뻔한 사람과 사람이 만나
관계를 맺는 것과 같다.
관계를 맺었다면 잊을 리 없다.
내가 기록한 순간은 내가 지워버리지 않는 이상 사라지지 않는다.
잊지 않기 위해 기록한다. 그래서 순간을 기록한다.

KI신서 9567

사진가의 기억법

1판 1쇄 인쇄 2021년 1월 22일
1판 1쇄 발행 2021년 1월 29일

지은이 김규형
펴낸이 김영곤
펴낸곳 (주)북이십일 21세기북스

출판사업본부장 정지은
뉴미디어사업팀장 이지혜 **뉴미디어사업팀** 이지연 강문형
디자인 vergum
마케팅팀 배상현 김신우 박화인
영업팀 김수현 최명열 임민지
제작팀 이영민 권경민

출판등록 2000년 5월 6일 제406-2003-061호
주소 (10881) 경기도 파주시 회동길 201(문발동)
대표전화 031-955-2100 **팩스** 031-955-2151 **이메일** book21@book21.co.kr

© 김규형, 2021

(주)북이십일 경계를 허무는 콘텐츠 리더

21세기북스 채널에서 도서 정보와 다양한 영상자료, 이벤트를 만나세요!
페이스북 facebook.com/jiinpill21 **포스트** post.naver.com/21c_editors
인스타그램 instagram.com/jiinpill21 **홈페이지** www.book21.com
유튜브 youtube.com/book21pub

서울대 가지 않아도 들을 수 있는 명강의! 〈서가명강〉
유튜브, 네이버, 팟빵, 팟캐스트에서 **'서가명강'**을 검색해보세요!

ISBN 978-89-509-9410-5 / 03810